KB048556

6시 27분
책 읽어주는 남자

6시 27분
책 읽어주는 남자

장-폴 디디에로랑

양영란 옮김

청미래

Le liseur du 6h27

by Jean-Paul Didierlaurent

역자 양영란(梁永蘭)
서울대학교 불어불문학과와 동대학원을 졸업하고, 프랑스 파리 3대학에
서 불문학 박사 과정을 수료했다. 「코리아헤럴드」 기자와 『시사저널』
파리통신원을 지냈다. 옮긴 책으로 『잠수복과 나비』, 『식물의 역사와
신화』, 『포스트휴먼과의 만남』, 『탐욕의 시대』, 『빈곤한 만찬』, 『그리스
인 이야기』, 『왜 검은 돈은 스위스로 몰리는가』 등이 있으며, 김훈의
『칼의 노래』를 프랑스어로 옮겨 갈리마르 사에서 출간했다.

편집_교정 권은희(權恩喜), 이인순(李仁順)

6시 27분 책 읽어주는 남자

저자 / 장-폴 디디에로랑
역자 / 양영란
발행처 / 도서출판 청미래
발행인 / 김실
주소 / 서울시 마포구 월드컵로 31(합정동 426-7)
전화 / 02 · 739 · 1661
팩시밀리 / 02 · 723 · 4591
홈페이지 / www.cheongmirae.co.kr
전자우편 / cheongmirae@hotmail.com
등록번호 / 1-2623
등록일 / 2000. 1. 18
초판 1쇄 발행일 / 2014. 9. 18

값 / 뒤표지에 쓰여 있음
ISBN 978-89-86836-50-9 03860

이 도서의 국립중앙도서관 출판예정도서목록(CIP)은 서지정보유통지원시스템
홈페이지(http://seoji.nl.go.kr)와 국가자료공동목록시스템(http://www.nl.go.kr/kol
isnet)에서 이용하실 수 있습니다. (CIP 제어번호 : CIP2014025699)

사빈에게.
그녀가 아니었다면, 이 책은 존재하지 않았을 것이다.

내 아버지에게.
눈으로는 볼 수 없는 가운데 계속 나에게
영원한 사랑의 입김을 불어주셨다.

변함없는 지지를 보내준 콜레트에게.

1

어떤 사람들은 귀머거리로, 벙어리로, 또는 장님으로
태어난다. 그런가 하면 보기 싫은 사팔뜨기 눈으로, 언청
이 입술로, 얼굴 한가운데가 뻘건 점으로 뒤덮인 상태로
첫 울음을 터트리는 사람들도 있다. 안으로 심하게 굽은
기형 발, 제대로 살아보기도 전에 이미 죽은 것이나 마찬
가지인 사지를 달고 태어나는 사람들도 물론 있다. 길랭
비뇰(Guylain Vignolles)은 평생 이름과 성의 부적절한 결합
에 따른 온갖 짓궂은 말장난을 감수해야 하는 운명과 더불
어 세상에 첫발을 내딛었다. 이를테면 태어나자마자 그를
따라다니기 시작한 빌랭 기뇰(Vilain Guignol, 심술쟁이 꼭두각
시라는 뜻/옮긴이)이라는 별명을 그는 귀에 못이 박히도록
들어야 했다.

6시 27분 책 읽어주는 남자

그의 부모는 그가 태어난 1976년도에 우체국에서 발행한 달력에 적혀 있는 성인(聖人)들의 이름은 완전히 무시해버리고(1년 365일 모든 날에 각 날짜를 축일로 가지는 성인들이 있어서, 프랑스 우체국에서 발행하는 달력은 날짜별로 해당 성인의 이름을 명시하는 전통을 지키고 있다/옮긴이), 어디에서 솟아났는지 그 근원조차 알 수 없는 길랭이라는 생뚱맞은 이름을 그에게 붙여주었다. 그 이름이 훗날 얼마나 처참한 결과를 가져오게 될지는 단 한순간도 생각하지 않았음이 분명하다. 그런데 놀랍게도, 비록 강력한 호기심이 발동하기는 했지만, 그는 감히 부모에게 왜 그런 선택을 했느냐고, 그 이유를 물어보지 못했다. 아마도 부모를 곤란한 처지에 몰아넣을까봐 두려웠던 것 같다. 상투적인 대답을 듣고 오히려 더 심한 갈증을 느끼게 될까봐 두려웠던 것도 사실이었다. 그는 이따금씩 만일 뤼카나 자비에르, 위고 같은 이름을 가졌더라면, 자신의 인생이 어떻게 달라졌을지 상상해보곤 했다. 아니, 더도 말고 기슬랭만 되었어도 지금보다는 행복했을 것 같았다. 기슬랭 비뇰, 이 정도면 전혀 공격적이라고 할 수 없는 다섯 글자의 보호 아래에서 안전하게 몸과 마음을 갈고닦으며 정체성을 확립해나갈 수 있는 이

6시 27분 책 읽어주는 남자

름다운 이름이 아니었을까. 그런데 그는 어린 시절 내내 빌랭 기뇰이라는 고약한 별명을 늘어진 옷자락처럼 꽁무니에 달고 다녀야 했다. 서른여섯 해를 사는 동안 그는 남의 눈에 띌 때마다 터져나오는 웃음과 놀림의 대상이 되지 않기 위해서 잊혀진 존재, 보이지 않는 투명인간으로 사는 방법을 익혔다. 잘생기지도 못생기지도, 뚱뚱하지도 비쩍 마르지도 않은 남자. 그저 시야 언저리에서 언뜻 보일락 말락 하는 희미한 실루엣. 아무도 찾지 않는 외딴 곳에 머물러 있기 위해서 스스로의 존재를 부인할 정도로 주변 풍경과 하나가 되어버린 사람. 한마디로, 그 긴 세월 동안 길랭 비뇰은 존재하지 않기 위해서 살아왔다. 이곳, 그가 주중이면 매일 아침 두 발로 딛고 서성이는 이 황량한 전철역에서만은 예외였다. 매일 같은 시각에 그는 그곳에서, 넘어서면 선로로 떨어질 위험이 있음을 알리는 경계 표시 백색 선 위에 발을 딛고서 전철을 기다렸다. 시멘트 위에 그려진 이 보잘것없는 경계선은 이상하게도 그의 마음을 가라앉히는 묘한 힘을 가지고 있었다. 그 선 위에 서면 한시도 그의 머릿속을 떠나지 않는 집요한 시체 안치소 냄새가 마술처럼 사라지는 것이었다. 열차가 도착할 때까지의 몇 분 동안 그는, 그것이 일시적인 유예에 불과하다는 것을 잘 알면서도, 지평선 너머 저쪽에서 그를 기다리고 있는 야만적인 세계에서 도망치는 유일한 수단은 그가 멍청이처럼 발을 바꿔가며 딛고 서 있는 그 백색 선에서 벗어나 집으로 돌아가는 것임을 잘 알면서도, 마치 선 속으로 녹아들어가 선과 하나가 되려는 듯 그 선을 꾹꾹 밟았다. 정말 그랬다. 그저 포기해버리고 간밤에 그의 몸이 남겨놓은 온기가 아직 남아 있는 침대 속으로 들어가 몸을 웅크리기만 하면 그뿐일 것이었다. 잠의 세계로 도망치기. 하지만 결국 청년 길랭은 언제나처럼 백색 선 위에 서서, 그의 뒤에 옹기종기 모여 있는 몇몇 전철 단골 승객들의 웅성거림을 듣는 쪽을 택했다. 가벼운 화상을 입은 것처럼 뜨끈뜨끈하게 목 뒷덜미에 떨어지는 사람들의 시선은 그가 아직 살아 있음을 상기시켜주었다. 해를 거듭할수록 전철의 승객들은 너그럽게도 약간 정신이 이상한 사람들을 대할 때면 그러는 것처럼, 그에게 존경심을 표했다. 그들에게 길랭은 목적지까지 20분가량 지속되는 전철 여정에서 잠시나마 그들을 일상의 단조로움에서 끌어내주는 일종의 심호흡이었다.

2

플랫폼으로 들어온 열차는 요란하게 끼익 소리를 내며 브레이크란 브레이크를 모조리 밟더니 이내 멈춰 섰다. 길랭은 백색 선에서 벗어나 열차의 발판 위로 발을 들이밀었다. 출입문의 오른쪽에 달려 있는 좁은 보조의자가 얌전히 그를 기다리고 있었다. 그는 딱딱한 오렌지색 접이식 보조의자를 푹신한 정식의자보다 더 좋아했다. 시간이 지남에 따라 보조의자에 앉는 것은 어느덧 아침 의식의 한 부분이 되었다. 접이식 의자를 끌어내려서 앉는 행위는 어쩐지 상징적인 것 같았고, 그는 그 점에 안도감을 느꼈다. 열차가 움직이기 시작하자, 그는 늘 들고 다니는 가죽 서류가방에서 종이 서류철을 꺼냈다. 조심스럽게 서류철을 연 그는 두 개의 솜사탕 빛깔 같은 분홍색 압지첩 사이에 끼어 있는 종이들 가운데 첫 장을 꺼냈다. 윗부분 왼쪽 가장자리가 반쯤 찢어져 잘려나간 종이가 그의 손가락 사이에 매달려 흔들거렸다. 가로와 세로가 각각 13센티미터와 20센티미터인 판형의 책에서 떨어져나온 낱장이었다. 그는 잠시 그 종이를 살피다가 이내 압지첩 위에 펼쳐놓았다. 열차 안은 차츰 침묵 속으로 빠져들었다. 여전히 군데군데에서 계속되고 있는 대화를 멈추라고 종용하는 꾸지람 투의 "쉿" 소리가 이따금씩 들렸다. 길랭은 여느 아침처럼 목을 가다듬기 위해서 마른기침을 몇 번 한 후, 큰 소리로 낭독을 시작했다.

"너무 겁에 질린 나머지 그 자리에 우뚝 선 채 벙어리가 되어버린 아이는 곳간 출입문에 대롱대롱 매달려 있는 짐승만 뚫어지게 바라보았다. 사내는 아직 숨이 붙어서 팔딱거리는 녀석의 목덜미로 손을 가져갔다. 날카롭게 벼린 칼날이 소리 없이 하얀 털 사이에 박히자, 칼날이 들어간 곳으로부터 화산에서 용암이 폭발하듯 피가 솟구치면서 사내의 손목에도 붉은 핏방울이 튀었다. 아이의 아버지는 옷소매를 팔꿈치까지 걷어붙이고서 정확하게 칼날을 몇 번

움직여 털가죽을 몸체와 분리했다. 그런 다음 힘이 세 보이는 두 손으로 천천히 그 가죽을 잡아당겼다. 털가죽은 하찮은 양말 조각처럼 맥없이 미끄러졌다. 그러자 방금 전에 마감한 삶의 온기가 채 가시지 않은 토끼의 섬세하면서도 근육질의 몸통이 적나라하게 드러났다. 대롱거리는 녀석의 머리통은 힐책의 기색이라고는 전혀 없이 허공을 응시하는 핏줄 선 두 눈과 더불어 흉측하고 황망했다."

이제 막 떠오르기 시작한 아침 햇살이 김이 서려 뿌연 열차 창에 와서 부딪치는 동안 종이에 적힌 글은 길고 긴 음절의 그물이 되어 그의 입 밖으로 나왔다. 음절의 그물코가 이따금씩 침묵이 되어 끊어질 때면, 달려가는 열차의 바퀴 소리마저 그 침묵 속으로 빨려들어갔다. 그와 같은 칸에 탄 모든 승객들에게 그는 글을 읽어주는 남자, 주중이면 매일 크고 또렷한 음성으로 가죽 가방에서 꺼낸 몇 장의 글을 낭독하는 조금 이상하고 별난 사람이었다. 그 글들은 서로 아무런 관련도 없는 책들에서 떨어져나온 낱장들이었다. 요리책 낭독에 이어, 가장 최근에 공쿠르 상 (Le Prix Goncourt, 프랑스 최고의 문학상/옮긴이)을 받은 소설의

48페이지를 낭독하는가 하면, 탐정소설의 한 페이지를 읽은 다음, 돌연 역사책 한 페이지를 읽는 식이었다. 길랭에게 그런 것은 아무래도 상관없었다. 그는 똑같은 열정을 담아 모든 글을 읽었다. 또 그럴 때마다 매번 마술이 통했다. 말들은 그의 두 입술을 떠나가면서 공장이 가까워질수록 그를 숨 막히게 하는 혐오감마저도 조금씩 가져가는 모양이었다.

"마침내 단도의 날이 수수께끼의 문을 열었다. 길게 배를 가른 아이의 아버지는 짐승의 뱃속을 비웠다. 녀석의 배에서는 서둘러 답답한 복부에서 벗어나기라도 하려는 듯 김이 무럭무럭 나는 내장들이 꾸역꾸역 쏟아져나왔다. 이제 토끼에게는 주방에서 쓰는 행주로 돌돌 만 작은 피투성이 몸뚱어리만 남았다. 그후 며칠이 지나자 새로운 토끼가 나타났다. 동그스름하고 하얀 털 뭉치는 후텁지근한 토끼장 속에서 죽음의 왕국 너머로 아이를 응시하는 핏빛 두 눈과 더불어 깡충깡충 뛰어다녔다."

길랭은 고개도 들지 않고 조심스럽게 두 번째 낱장을

손에 쥐었다.

"본능적으로 사람들은 고개를 땅으로 향한 채, 도주하
겠다는 일념, 보호자 같은 대지의 품속으로 좀더 깊이 도
주하겠다는 치열한 욕망을 안고서 뛰어내렸다. 어떤 이들
은 미친개처럼 맨손으로 부식토를 마구 파헤쳤다. 또다른
이들은, 공처럼 둥글게 몸을 만 채, 사방에서 쏟아지는 죽
은 파편들에게 그들의 허약한 등판을 내주었다. 어쨌거나
모두들 태곳적부터 몸에 밴 반사작용으로 서로에게 몸을
맞대고서 켜켜이 쌓여 있었다. 혼돈 속에서도 서 있는 자
세를 취하고 있는 요세프만 예외였다. 요세프는 기가 막히
게도 자기 앞에 서 있는 커다란 흰 자작나무의 줄기를 부
둥켜안고 있었다. 얼룩무늬처럼 나무줄기에 난 틈 사이에
서 수액이 흥건하게 흘러나왔다. 수액은 굵은 눈물방울처
럼 나무껍질 위로 방울방울 맺히다가 천천히 흘러내렸다.
나무는 점차 몸을 비웠다. 가랑이 사이로 뜨거운 오줌을
세차게 뿜어내는 요세프처럼. 새로 폭탄이 터질 때마다 자
작나무는 몸을 떨었다. 나무와 맞닿은 그의 뺨, 나무를 부
둥켜안은 그의 팔도 함께 떨렸다."

길랭은 전철이 역에 도착할 때까지 가죽 서류가방에서 꺼낸 열두어 장의 글을 두 눈으로 면밀하게 살폈다. 그가 입 밖으로 토해낸 마지막 단어들의 흔적이 입천장에서 사라질 무렵 그는 열차에 타고서 처음으로 다른 승객들 쪽으로 시선을 옮겼다. 자주 그렇듯, 그는 그들의 얼굴에서 실망, 아니 슬픔을 읽었다. 그러나 그것은 한순간에 지나지 않았다. 전철 안은 곧 텅 비었다. 그도 앉아 있던 자리에서 몸을 일으켰다. 보조의자는 이내 무미건조한 소리를 내며 접혔다. 촬영의 끝을 알리는 슬레이트 소리라고나 할까. 중년 여자 한 명이 그의 귓가에 들릴 듯 말 듯 고맙다는 인사를 건넸다. 길랭은 여자를 향해 미소를 지었다. 그 사람들을 위해서 하는 일이 아님을 어떻게 설명해야 한단 말인가? 그는 체념한 듯, 그날 읽은 낱장들을 그대로 남겨둔 채, 아직 훈훈한 기운이 남아 있는 열차를 떠났다. 그는 그 낱장들이 용케도 그악스러운 파쇄(破碎)의 굉음으로부터 멀리 도망쳐서 편안하게 그곳에, 보조의자의 좌석과 팔걸이 사이에 얌전히 끼어 있는 것을 확인하기를 좋아했다. 밖에는 그사이 두 배나 거세진 빗줄기가 주룩주룩 내리고 있었다. 공장이 가까워질 때면 으레 그렇듯이, 늙은 주세페의 쉰 목소리가 그의 머릿속에서 마구 방망이질을 해댔다. "이봐, 애송이, 자네한텐 이 일이 어울리지 않아. 자넨 아직 모르겠지만, 자넨 이 일에 어울리질 않는다니까!" 그 노인은 자기가 무슨 소리를 하는지 누구보다 잘 알았다. 계속할 용기를 잃지 않기 위해서 의지할 것이라고는 적포도주가 전부였던 그였으니까. 길랭은 그저 계속하다 보면 익숙해지려니 하는 순진한 마음에서 그의 말을 귀담아듣지 않았다. 일상이 가을 안개처럼 나의 온 존재를 뒤덮어 생각 따위는 마비시켜버리기를. 하지만 아무리 해가 거듭되어도 더럽고 추레한 거대한 담벼락만 보면 구역질이 목구멍을 치밀고 올라오는 것은 여전했다. 저 뒤에, 호기심 많은 시선이 닿지 않는 곳에, 놈이 도사리고 있었다. 그를 기다리고 있는 바로 그놈.

6시 27분 책 읽어주는 남자

3

공장 안으로 들어가기 위해서 문을 밀자, 출입문은 몹시 거슬리는 소리를 냈다. 끼익 하는 소리 때문에 경비원은 읽고 있던 책에서 눈을 떼었다. 얼마나 자주 넘겨보았는지 그의 손에 들려 있는 라신(Jean Racine[1639–1699], 프랑스의 시인, 극작가로 고전주의 시대가 낳은 가장 위대한 작가의 한 사람으로 꼽힘/옮긴이)의 1936년 판 『브리타니쿠스(*Britannicus*)』는 상처 입은 새처럼 너덜거렸다. 길랭은 문득 경비원 이봉 그랭베르도 이따금씩 경비실을 비울 때가 있을까 혼자 생각해보았다. 그랭베르는 그의 책들을 쌓아놓은 커다란 플라스틱 상자만 거기 그대로 있어준다면, 사방에서 바람이 숭숭 들어오는 가로 3미터, 세로 2미터짜리의 비좁은 경비실의 불편함 따위는 전혀 개의치 않았다. 쉰아홉 살에 접어든 그에게는 고전 연극만이 삶의 유일하고도 진정한 낙이었으며, 하역할 짐이 도착하는 짬짬이 그가 돈 디에그(프랑스 극작가 코르네유가 쓴 『르 시드[Le Cid]』에 나오는 등장인물/옮긴이)를 연기하거나, 그 좁은 공간에서 토가를 걸치고 양팔을 공중으로 벌린 채 상상의 인물 피로스(라신의 희곡 『앙드로마크[Andromaque]』에 나오는 등장인물로 아킬레우스의 아들/옮긴이)의 대사를 읊는 모습을 보는 일도 드물지 않았다. 그는 열정적인 독백을 하는 동안만큼은 쥐꼬리만 한 월급을 받으며, 공장 출입구를 가로막은 빨강, 하양 차단기를 올리거나 내리는 일만을 하는 시시한 배역에서 벗어났다. 늘 말끔한 차림새의 이봉 그랭베르는 그의 윗입술을 장식하는 콧수염 관리에 특별히 정성을 쏟았으며, 위대한 시라노(프랑스의 극작가 에드몽 로스탕이 1897년에 발표한 희곡 『시라노 드 베르주라크[Cyrano de Bergerac]』의 주인공/옮긴이)의 대사를 즐겨 인용했다. "콧수염이 예리할 땐 모든 단어가 명민하다!" 알렉상드랭(alexandrin), 즉 12음절 정형시를 발견하자 이봉 그랭베르는 곧 그것과 사랑에 빠졌다. 열정적으로 충직하게 12음절 정형시를 모시는 것이 그가 이 지상에서 해야 할 유일한 임무가 되어버렸을 정도였다.

6시 27분 책 읽어주는 남자

길랭은 이런 광적인 면 때문에 이봉을 좋아했다. 그렇기도 하고, 또 이봉만이 그를 빌랭 기뇰이라고 부르고 싶은 유혹에 넘어가지 않는 유일한 인물이었기 때문이기도 했다. "좋은 아침입니다, 이봉."

"좋은 아침이군, 애송이." 늙은 주세페와 마찬가지로 이봉 역시 그를 늘 이렇게 불렀다. "뚱뚱이와 머저리도 벌써 왔어." 이봉은 이 두 사람에 대해서 그에게 말할 때면 늘 이 순서를 고집했다. 항상 뚱뚱이가 머저리보다 먼저였다. 그는 12음절 정형시 형식을 빌려 말하지 않을 때면 짧은 문장을 선호하는 편이었는데, 그것은 단어 사용에 인색해서라기보다는 그가 보기에 유일하게 가치 있는 일, 즉 12음절 정형시를 위해서 목소리를 아껴두기 위함이었다. 길랭이 거대한 양철 창고 쪽으로 멀어져가자, 이봉은 그의 뒤에 대고 자작시 두 줄을 소리내어 읊었다.

"소나기가 온다, 수상히, 갑자기,
내 처소를 때려, 성마른 우박이."

놈은 거기에 있었다. 거대하고 위협적인 자태로 보란

듯이 공장 한가운데에서 버티고 있었다. 15년 넘게 같은 일을 해오면서도 길랭은 도저히 그놈을 놈의 정식 이름으로 부를 수 없었다. 놈의 이름을 부르는 행위만으로도 놈을 인정한다는, 다시 말해서 암묵적으로 놈을 받아들인다는 증거가 될 것 같아서였을까? 하여간 그는 그것만큼은 무슨 일이 있어도 피하고 싶었다. 그놈을 절대 놈의 이름으로 부르지 않기. 그것이 그가 놈에게 자신의 영혼마저 팔아버리지 않기 위해서 그놈과 자기 사이에 애써 세워놓은 최후의 방벽이었다. 놈은 길랭의 몸으로, 몸만으로 만족해야 할 것이었다. 강철로 만들어진 거대한 놈의 몸체에 새겨져 있는 이름에서는 임박한 죽음의 냄새가 배어나왔다. 체르스토르 500. 위대한 시인 괴테의 모국어인 독일어의 '분쇄하다'를 뜻하는 동사 'zerstören'에서 파생된 이름이었다. 체르스토르 퓐프 훈데르트(Zerstor Fünf Hundert)는 1986년에 루르 남부 지역에 위치한 크라프트 주식회사에서 제작한, 거의 11톤이나 되는 괴물이었다. 길랭이 처음으로 놈을 보았을 때, 그는 솔직히 금속으로 된 놈의 회녹색 몸체에 그다지 크게 놀라지는 않았다. 파쇄만이 유일한 기능인 기계가 전투복과 같은 색상인 것은 오히려 당연

6시 27분 책 읽어주는 남자

하지 않을까? 얼핏 보면 놈은 도장용 장치나 거대한 발전기, 혹은 부조리의 극치라고 할 수도 있겠지만, 대형 인쇄용 윤전기 같아 보였다. 겉으로 드러나는 놈의 유일한 특징은 추함인 것 같았다. 하지만 이것은 어디까지나 수면 위로 드러난 빙산의 일각일 뿐이었다. 우중충한 시멘트 바닥 위에 놓인 거대한 아가리는 가로와 세로가 각각 4미터와 3미터에 이르며, 미지의 수수께끼를 향해 열려 있는 음울한 사각형 모양이었다. 거기에, 스테인리스로 만들어진 어마어마한 깔때기 아래쪽에 무시무시한 기계장치들이 진을 치고 있었다. 그 장치들이 아니었다면, 공장은 아무 짝에도 쓸모없는 창고에 불과할 것이었다. 기술적인 면에서 보자면, 체르스토르 500은 구덩이의 가로 폭을 거의 뒤덮으며 수평으로 나란히 놓인 두 개의 실린더 위에 주사위의 5점 형으로 늘어선 성인 남자의 주먹만 한 500개의 망치들 때문에 그처럼 현학적인 이름을 얻게 되었다. 이 망치들에다, 세 개의 축에 분포되어 있으면서 분당 800회의 속도로 회전하는 600개의 산화방지 강철 칼들이 더해진다. 이 지옥 같은 장치 군데군데에 달린 20개 남짓한 노즐들은 마치 울타리처럼 놈을 에워싼 채 쉴 틈 없이 섭씨 120도짜리 뜨거운 물을 300의 압력으로 흘려보낸다. 조금 떨어진 곳에서는 반죽용 4개의 강력한 팔이 스테인리스 판 위에서 열중 쉬어 자세를 취하고 대기 중이다. 마지막으로, 거의 1,000마력짜리 괴물 같은 디젤 모터가 쇠로 만든 우리에 갇힌 채 맹렬하게 돌아가며 이 모든 장치에 생명을 불어넣는다. 놈은 원래 으깨고, 납작하게 만들며, 짓이기고, 박살내며, 찢고, 갈고, 가느다랗게 자르며, 토막 내고, 뒤섞어 반죽하여 주무르고, 뜨거운 물에 끓이기 위해서 태어났다. 하지만 뭐니 뭐니 해도, 늙은 주세페가 하루 종일 입에 달고 사는 싸구려 포도주 병을 다 비우고도 체르스토르 500을 향한 뼛속 깊은 증오심을 충분히 삭이지 못했을 때 내뱉곤 하는 "이놈은 집단학살자!"라는 말이야말로 놈에 대한 가장 적절한 정의가 될 것이었다.

4

하루 중 이 시간 무렵에 공장에 감도는 텅 빈 무도회장 같은 분위기는 피를 얼어붙게 만들곤 한다. 같은 장소에서 바로 전날 일어난 일들에 관해서는 어떠한 흔적도 남아 있지 않다. 몇 분 후면, 이 사방 벽 안에 몰아치게 될 분노와 소음을 짐작하게 해주는 기미도 전혀 감지할 수 없었다. 아무런 단서도 남기지 않기. 이는 펠릭스 코왈스키를 사로잡고 있는 여러 가지 집착 중의 하나였다. 저녁마다 공장장 코왈스키는 범죄의 현장을 말끔하게 치우라고 다그쳤다. 완전범죄가 되어야 하니까. 주말과 휴일을 제외하고는 한 해 동안 하루도 거르지 않고 무한 반복적으로 자행되는 범죄.

길랭은 발걸음을 질질 끌며 창고를 가로질렀다. 브뤼네

르가 그를 기다리고 있었다. 브뤼네르는 언제나처럼 말끔한 오버롤 작업복으로 차려입고서 그놈의 제어장치판에 심드렁하게 몸을 기댄 채 삐딱하게 서 있었다. 그는 팔짱을 낀 채 길랭을 맞으며, 매번 그랬듯이, 입가에 보일락 말락 묘한 미소를 지어 보였다. 한마디 말도 몸짓도 건네는 법이 없었다. 오직 스물다섯 살이라는 나이와 185센티미터라는 작지 않은 키의 높이에서 길랭을 굽어보며 던지는 시건방진 미소뿐이었다. 브뤼네르는 남이 듣거나 말거나 틈만 나면 자신만의 진실을 떠벌렸다. 이를테면 공무원들은 모조리 게을러빠진 좌익 급진주의자들이다. 여자들은 남편 시중드는 일 말고는 쓸모가 없다(물론 여기에는 낮에는 밥하고 밤에는 애를 가지는 일이 포함된다는 점을 새겨들어야 할 것이다). 늂(gnoul, 단어를 제대로 발음하기보다 토하듯 뱉는 그의 말버릇 때문에 본의 아니게 부늂[bougnoul, 원래 세네갈의 백인이 그곳의 흑인을 가리키는 말로 사용했으나, 현재는 아랍인을 비하해서 지칭하는 인종차별 용어/옮긴이]이 늂로 들린다)은 하는 일도 없이 프랑스 사람들의 빵만 축낸다는 식이다. 뿐만 아니라 돈 많은 놈, 기초 연금 수급자, 뻔뻔스럽고 썩어빠진 정치꾼, 일요 폭주족, 마약 중독자, 호모, 약 먹은 호모, 장애인, 매춘부 등에 관한 그만의 진실이 줄줄이 이어진다. 요컨대 브뤼네르라는 녀석은 세상 모든 것에 대해서 자기만의 확고한 의견을 내세웠으며, 길랭은 그의 의견에 반대 의견을 표명하려는 시도 따위는 이미 오래 전에 포기했다. 그도 한때는 브뤼네르에게 세상 일이 그렇게 간단하지 않다는, 흑과 백 사이에는 아주 밝은 빛깔에서 시작해서 아주 어두운 빛깔에 이르기까지 무수히 다양한 뉘앙스의 회색이 존재한다는 사실을 설명해주려고 온갖 수사를 동원하기도 했으나, 소용없는 짓이었다. 따라서 길랭은 브뤼네르라는 녀석은 구제불능의 머저리라고 결론지었다. 그는 구제불능에 위험하기까지 한 녀석이었다. 뤼시앵 브뤼네르는 상대방에 대해서 눈곱만큼의 배려도 하지 않으면서 얼마든지 그 앞에서 굽실대는 처세술을 기가 막히게 잘 구사하는 인물이었다. 그의 입에서 새어나오는 아부 섞인 "비뇰 씨"라는 호칭에는 암묵적인 경멸이 묻어 있었다. 브뤼네르는 말하자면 최고로 고약한 종류의 독사, 조그마한 틈만 보이면 당장이라도 달려들 태세를 갖춘 코브라였다. 그러므로 길랭으로서는 그와의 거리를 유지하기 위해서, 그가 휘두르는 갈고리의 사정거리에 들어가지 않기 위해서 기를 써야 했다. 무엇보다도 가관은 이 머저리 녀석이 자기 일을 너무 좋아한다는 사실이었다. "저기, 비놀 씨, 오늘은 제가 기계에 시동을 걸도록 해주시겠습니까?"

길랭은 마음속으로 쾌재를 불렀다. 안 되지, 비놀 씨는 오늘 네 녀석에게 시동을 걸게 해줄 마음이 전혀 없단 말이야. 그건 내일도, 모레도, 그다음 날도 마찬가지일 거고! 비놀 씨가 네 녀석에게 이 망할 놈의 변신 기계를 움직이게 하는 짜릿한 쾌감을 안겨주려면 아직 멀었어! "그건 안 돼, 브뤼네르. 필요한 모든 자격증을 갖추기 전까지는 불가능하다는 걸 자네도 잘 알잖아." 비록 길랭은 이 멍청한 놈이 마침내 그토록 탐내던 자격증을 따서 자기 코앞에 들이댈 날이 언제가 될지 불안한 마음으로 초조하게 기다리는 중이었지만, 어쨌거나 현재로서는 약간의 연민을 실어 입 밖으로 쏟아놓는 이 문장이 아주 마음에 들었다. 그 운명의 날은 멀지 않았을 것이고, 그때가 되면 어쩔 수 없이 녀석에게 양보해야 할 것이었다. 브뤼네르는 매주 이 문제로 코왈스키를 들쑤셨다. 자신의 요구 사항을 적극적으로 지원해서 경영진에게 잘 말해달라고 뚱뚱이에게 보채는

6시 27분 책 읽어주는 남자

것이었다. 머저리 브뤼네르는 기회가 있을 때마다 여기에서는 "코왈스키 씨", 저기에서는 "공장장님"을 외쳐대며 뚱뚱이의 꽁무니를 따라다녔다. 그는 사소한 기회도 놓치는 법 없이 공장장실에 족제비 같은 주둥이를 내밀고는 뚱뚱이에게 온갖 아첨을 늘어놓았다. 그는 일종의 황소 등짝에 붙어서 기생충을 잡아먹는 찌르레기 같은 존재였다. 그리고 상대는 그것을 아주 좋아했다. 브뤼네르가 보여주는 그처럼 볼썽사나운 작태는 코왈스키의 자존감을 한껏 부풀려주었다. 그사이 길랭은 자기가 회사 규정을 내세워 브뤼네르에게 원론적인 말만 늘어놓으면서 막대기 끝으로 코브라를 집적거리는 위험한 놀이를 하고 있다는 느낌을 떨쳐버릴 수 없었다. 자격증이 없으면 단추를 누를 생각도 하지 마!

"이런 빌어먹을. 비뇰, 도대체 기계나 빨리 작동시키지 않고 뭘 기다리는 거야? 비가 그치기를 기다릴까?" 저만치 위쪽에서 그를 바라보던 코왈스키가 그의 상아탑에서 뛰쳐나오더니 꾸민 듯한 음성으로 냅다 소리를 질렀다. 공장 지붕에 매달린 형태로 지어진 유리로 된 그의 집무실은 바닥에서 10여 미터 정도 떨어진 높이에 위치하고 있었다. 그 높은 곳에서 코왈스키는 모든 것을, 마치 자신의 작은 왕국을 굽어보는 조물주처럼, 별 볼일 없는 공장 내부 전체를 손바닥 들여다보듯 훤히 내려다보았다. 아주 작은 문제, 아주 사소한 실수만 눈에 띄어도 그는 지시 사항을 외치기 위해서 또는 질책을 늘어놓기 위해서 사무실에서 뛰쳐나왔다. 이번처럼 소리를 지르는 것만으로는 충분하지 않다고 판단될 때는, 그는 30여 개의 철제 계단을 한 번에 서너 개씩 건너뛰며 바닥으로 내려왔다. 그럴 때면 100킬로그램은 족히 나가는 비곗덩어리의 무게를 견디다 못한 계단이 항의 표시로 끽끽거렸다.

"하느님 맙소사, 비뇰, 제발 좀 빨리빨리 움직여! 길에서 대기 중인 트럭이 벌써 석 대나 된다고." 펠릭스 코왈스키는 말을 하는 것이 아니었다. 그는 개처럼 짖어대고, 소리를 질러대고, 소처럼 웅얼거리거나 욕을 해댔다. 그는 정상적으로 이야기하는 방법은 알지 못했다. 그것은 그로서도 어쩔 수 없는 일이었다. 그는 마치 간밤에 쌓인 심술에 질식당하지 않으려면 서둘러 그것을 입 밖으로 토해내기라도 해야 한다는 듯, 하루 중 가장 먼저 그의 음성이 미치는 영향권 내에서 만난 사람에게 앞뒤 사정 잴 것 없이 한바탕 짖어대는 것으로 하루를 시작했다. 그런데 그가 가장 먼저 만나는 사람이 하필이면 길랭일 경우가 잦았다. 멍청하기는 하지만 눈과 귀까지 멀지는 않았던 브뤼네르는 누구보다도 잽싸게 공장장의 짓거리를 간파한 탓에 체르스토르의 제어장치판 뒤에 몸을 숨김으로써 마른하늘의 날벼락 격인 봉변을 피했다. 뚱뚱이 공장장의 발악에 길랭은 무심한 편이었다. 기껏해야 1-2분 계속되다 말았으니까. 그저 거북이 등짝을 하고서 쓰나미가 지나가기를 기다리기만 하면 되었다. 고개를 쏙 집어넣고서 코왈스키의 입에서 나오는 욕설이 시큼한 땀 냄새가 떠다니는 허공을 가르다가 제풀에 지치기를 기다린다. 오! 물론 때로는 반항하고 불의에 항거하려는 욕망이 터져나오기도 했다. 증오심으로 똘똘 뭉친 배불뚝이에게 탈의실 벽에 걸린 시계, 그러니까 코왈스키가 신봉하는 유일한 그 시계의 큰 바늘이 수직이 되려면 아직 10분 정도 남아 있으며, 따라서 그의 근거 없는 욕설을 잠자코 듣고 있어야 할 이유가 전혀 없음을 지적해야지! 그의 고용 계약서에 따르면 근무 시작 시간은 6시 50분이 아니라 7시 정각부터니까. 하지만 그는 가만히 입을 다무는 편을 선호했다. 잠자코 입 닥치고, 어디에서 왔는지 그 출처는 알 수 없으나 하여간 뚱뚱이가 그의 안에 가득 쌓여 있는 고약한 욕설을 모두 입 밖으로 내뱉기를 기다릴 것도 없이, 탈의실로 가버리는 쪽이 더 나은 방법이었다.

길랭은 철제 사물함을 열었다. 작업복의 등 쪽에 새겨진 하얀 글씨가 어둠 속에서 빛을 발하는 것 같았다. 'STERN'이라는 다섯 글자. 'Société de traitement et de recyclage naturel'(자연자원 처리 및 재활용 전문회사라는 뜻/옮긴이)의 머리글자를 딴 약자였다. 브뤼네르는 언제나 여기에 컴퍼니 (Company)를 붙였다. 그는 늘 스테른 컴퍼니라고 말했다. 그러는 편이 한결 더 품위가 있어 보인다는 것이었다. 회사는 북극 지방에 서식하는 제비갈매기(프랑스어로 sterne/옮긴이)의 실루엣을 로고로 삼았다. 제비갈매기는 늘 여름을 찾아다니는 조류로, 1년이면 거의 8개월 동안 잠시도 쉬지 않고 끊임없이 태양을 따라 날아다닌다. 조류학에도 신학 만큼이나 박식한 브뤼네르는 회사 로고 속의 실루엣이 제비라고 우겼다. 길랭은 이 문제에서도 그와 시비를 가릴 마음이 전혀 없었다. 그는 58킬로그램짜리 몸통을 작업복 속으로 구겨넣은 다음 사물함 문을 닫고 크게 심호흡을 했다. 놈은 이제나 저제나 입으로 밥이 들어오기를 기다리는 중이었다.

5

  길랭은 체르스토르 500이라는 놈의 제어장치판 덮개를 들어올리는 것을 끔찍하게 싫어했다. 자주, 왜 그런지 설명할 수는 없지만, 어쩐지 양철조각이 그의 손가락 밑에서 몸을 부르르 떠는 것 같다고 그는 느꼈다. 마치 놈이 살아 있는 생명체처럼 하루를 시작하고 싶어 발을 동동 구르며 조바심을 친다고나 할까. 그런 순간이면 길랭은 기계적인 행동에 몸을 맡겼다. 고맙게도 그에게 식대를 포함하여 다달이 1,840유로를 보장해주는 책임 기사 역할에 안주하는 것이다. 그가 큰 소리로 체크 리스트를 읽어내려가는 동안 브뤼네르는 그가 말한 부품을 살피기 위해서 기계 주변 여기저기를 겅중겅중 뛰어다녔다. 깔때기 밑부분을 차단시키는 뚜껑문 잠금장치를 풀기에 앞서 길랭은 마지막으로 거대한 아가리를 향해 눈길을 던졌다. 혹시라도 정신 나간 웬 짐승이 그 안으로 들어가 틈입자 노릇을 하고 있지는 않은지 살피기 위해서였다. 쥐들은 정말로 골칫거리였다. 냄새 때문인지 녀석들은 미친 듯이 달려들었다. 깔때기는 마치 식충식물의 냄새 방울이 파리들을 유혹하듯 쥐들을 잡아끌었다. 다른 녀석들보다 유난히 식탐이 많은 한두 녀석이 깔때기 바닥 구석진 곳에 떨어져 있는 것을 발견하는 일이 심심치 않게 일어났다. 그런 녀석을 발견할 때면 길랭은 탈의실 구석에 놓여 있는 뜰채를 가져와 녀석을 끌어냈다. 발을 헛디뎌 죽음의 구렁텅이에 빠져든 녀석의 목숨을 구해주는 것이었다. 녀석들은 보따리를 요구하는 법이라고는 없이 공장 구석으로 잽싸게 달려가 이내 시야에서 사라졌다. 길랭은 설치류 동물들이라면 유난히 싫어했다. 쥐에 대한 그의 증오심의 근원에는 체르스토르 500에게 단 한 조각의 고기도 주지 않겠다는 의지가 크게 작용했다. 사실 놈은 어쩌다 쥐라도 한 마리 꿀꺽 삼키게 되면, 비명을 지르며 몸부림치는 녀석을 하찮은 안주 씹듯 으깨버리면서 쾌감을 느끼는 것 같았다. 기회만 있다면 놈은 그의 두 손을, 손목까지도 아작아작 씹어삼키는 일도 마다 하지 않을 것이라고 그는 굳게 믿었다. 주세페가 사고를 당한 이후로 길랭은 놈이 한낱 쥐새끼의 고기만으로는 만족하지 않는다는 사실을 뼈저리게 통감했다.

펌프를 작동시키고 스위치를 'ON'에 위치시킨 다음, 길랭은 엄지손가락으로 브뤼네르 녀석이 언젠가 반드시 누르고야 말겠다는 야무진 꿈을 키우고 있는 그 녹색 단추를 힘껏 눌렀다. 길랭은 다섯까지 센 다음 단추에서 손가락을 뗐다. 항상 더도 덜도 말고 다섯까지 세야 했다. 누르는 시간이 너무 짧으면 시동이 걸리지 않았고, 반대로 너무 길면 기계 전체에 연료가 샜다. 지옥에 떨어지는 데에는 다 그럴 만한 이유가 있는 법이었다. 선교에서 배를 관장하는 원양 여객선의 선장처럼 코왈스키는 공중에 뜬 집무실에서 길랭의 동작을 하나도 빼놓지 않고 감시했다. 단추가 10초가량 깜박이는가 싶더니 제어판의 모든 불이 환하게 켜졌다. 처음에는 아무 일도 일어나지 않았다. 놈이 항의하듯 최초의 딸꾹질을 토해내는 순간, 바닥이 보일 듯 말 듯 조금 흔들릴 뿐이었다. 잠에서 깨어나기란 늘 힘이 드니까. 트림을 하고 가래침을 뱉듯 잦은 기침 소리

를 내는 놈은 깨어나기 싫어 꾀를 부리는 것처럼 보였지
만, 일단 연료가 한 차례 주입되고 나면 언제 그랬었나 싶
게 용트림을 하기 시작했다. 우선 바닥으로부터 둔중한
포효가 전해지면서 길랭의 다리를 공격하는 첫 번째 동요
가 느껴지고, 그 공격은 이내 그의 몸 전체를 가로지른다.
그러면 곧 창고 전체가 강력한 디젤 엔진의 맹렬한 공격
으로 바닥부터 천장까지 우르릉거리며 흔들린다. 그의 두
귀를 꽉 막아주는 소음방지용 헬멧마저도 연이어 들려오
는 지옥의 굉음을 막기에는 역부족이었다. 그놈의 약간
아래쪽, 그러니까 체르스토르의 복부 부근에 달린 망치들
이 의기양양하게 작동하면서 서로 뒤엉켰다. 쇠가 다른
쇠를 때리는 소리. 세상의 종말을 알리는 소리. 조금 떨어
진 곳에서는 칼들이 미친 듯이 몸부림치며 그때마다 어두
운 심연 속에서 칼날들이 희번덕거렸다. 노즐에서 물이
나오는 것과 거의 동시에 수증기 한 줄기가 솟아올라 공
장의 지붕을 적실 무렵이면 귀를 찢는 듯한 날카로운 바
람 소리가 구멍에서 올라왔다. 구멍에서는 곰팡이가 슨
종이의 악취가 뿜어져나왔다. 놈은 잔뜩 허기진 상태였다.

길랭은 맨 앞에 서 있던 트럭을 향해 하역 장소에 트럭 엉덩이를 대라고 한 팔로 손짓했다. 38톤 트럭은 차가 가진 최대 마력 치만큼의 소리를 내며 움직이기 시작하더니 곧 짐칸을 비웠다. 눈사태처럼 무더기로 쏟아져내린 책들이 뿌연 먼지를 일으키며 시멘트 바닥에 떨어졌다. 불도저의 운전석에 앉아 엉덩이를 들썩이며 조바심치던 브뤼네르가 곧 행동에 돌입했다. 거품이 말라붙은 자국으로 더러워진 앞 유리창 뒤에 앉은 그의 두 눈은 흥분으로 번쩍였다. 거대한 날이 허공을 향해 벌어진 아가리 속으로 산더미처럼 쌓인 책 뭉치들을 들이밀었다. 스테인리스로 제작된 배출구는 이내 책의 물결 속으로 자취를 감추었다. 첫입은 언제나 맛있다. 체르스토르라는 놈은 기분에 따라 좌우되는 대식가였다. 놈은 타고난 식탐 때문에 목이 메는 경우가 자주 있었다. 그렇게 되면 놈은 한창 게걸스럽게 씹어대다가 입 안 가득 먹잇감을 채운 채 갑자기 작동을 멈추기 일쑤였다. 이럴 경우, 깔때기 속 내용물을 비우고, 한꺼번에 너무 많은 양이 투입되는 바람에 망치 사이에 제멋대로 끼어버린 책들을 일일이 꺼내 실린더의 모습이 드러나도록 해서 다시금 펌프를 작동시키는 데만도 거의 한 시간이 걸렸다. 길랭에게 그 한 시간이란 고약한 냄새가 나는 놈의 내장 안에서 몸을 이리저리 비틀며 온몸의 수분이란 수분은 모조리 빠져나갈 정도로 진땀을 흘리면서, 그런 순간이면 평소보다 훨씬 더 흥분해서 길길이 날뛰는 코왈스키의 욕설을 참고 견뎌야 하는 시간이었다. 오늘 아침 놈은 기세 좋게 첫 삽을 떴다. 처음으로 넣어준 책들을 딸꾹질 한 번 하지 않고 꿀꺽꿀꺽 넘겼다. 애꿎은 공기만 찧어대던 망치들은 책이 들어오자 너무 좋은지 기쁜 마음으로 짓이겨댔다. 가장 고귀한 등허리들, 다시 말해서 가장 단단하게 장정된 책들마저도 단 몇 초 만에 속절없이 부러져버렸다. 책들은 한꺼번에 수천 권씩 놈의 뱃속으로 사라졌다. 구멍의 이쪽저쪽 노즐에서 쉴 새 없이 쏟아지는 뜨거운 비는 그 무서운 비를 피해보려고 안간힘을 쓰는 몇 장 되지도 않는 낱장들을 연신 깔때기 아래쪽으로 몰아갔다. 이제 조금 떨어진 곳에서 600개의 칼이 작업할 차례였다. 예리하게 잘 벼려진 칼날들은 아직 낱장 상태로 남아 있는 책장들을 채를 썰 듯이 가느다랗게 썰었다. 칼날들의 역할이 끝나면 네 개의 거대한 혼합기가 작업을 이어받아 이 모든 것을 진흙처럼 끈끈한 펄프 덩어리로 만들었다. 불과 몇 분 전만 하더라도 창고의 시멘트 바닥 위에서 뒹굴던 책들에 이제 책이라고 할 만한 아무런 흔적도 남아 있지 않다. 그저 놈이 등 쪽으로 배출한 너덜너덜한 반죽만이 무럭무럭 김이 나는 커다란 잿빛 똥덩어리마냥 젖은 것들이 내는 끔찍한 소리를 내며 통 속으로 떨어질 뿐이다. 이 거친 종이 반죽은 훗날 언젠가 다른 책들을 만드는 데 사용될 것이며, 그 책들의 일부는 또다시 이곳으로 보내져 체르스토르 500의 아가리 안에서 생을 마감하게 될 것이다. 놈은 그러니까 자기가 싸질러놓은 똥을 대단한 먹성으로 아귀아귀 집어삼키는 부조리 그 자체였다. 길랭은 놈이 쉬지 않고 배출하는 두툼한 반죽 덩어리를 볼 때면, 항상 늙은 주세페가 사고가 있기 며칠 전에 했던 말이 다시 생각나곤 했다. "잊지 말게, 애송이. 우리와 출판업계의 관계는 똥구멍과 소화의 관계야. 전혀 다르지 않다고!"

벌써 두 번째 트럭이 짐을 부리려고 허둥댔다. 놈이 망치들 사이의 빈 공간을 채우려는 듯 거대한 아가리로 연달아 시큼한 트림을 몇 번 토해냈다. 방금 전에 먹은 식사의 찌꺼기인 듯, 몇 장의 물에 젖은 낱장들이 너덜거리는 살

갗처럼 바퀴 군데군데에 매달려 대롱거렸다. 브뤼네르는
새로 쌓인 책 더미를 공략하고자 혓바닥을 쭉 잡아빼서 입
술에 침을 축이며 분노의 가속 페달을 밟고 돌진했다.

6

경비원 이봉이 머무는 초소는 일종의 섬 같아서 길랭은 점심 식사 후의 얼마 되지 않는 휴식 시간을 그곳에서 보내기를 좋아했다. 틈만 나면 모든 사안에 대해서 되는 대로 아무렇게나 지껄여대는 브뤼네르와는 달리, 이봉은 아무 말도 하지 않고 독서에만 전념하면서 오랜 시간을 보낼 수 있는 인물이었다. 그의 침묵은 아주 속이 꽉 찬 침묵이었다. 길랭은 따뜻한 목욕물 속에 몸을 담그듯 그 안으로 미끄러져 들어갔다. 그 곁에만 가면 샌드위치에서 나는 끓인 종이죽 맛이 사라지는 것 같았다. 이곳에서 일하기 시작한 이후 줄곧 길랭은 입으로 들어가는 것마다 이상하게도 끓인 종이 맛이 난다고 느꼈다. 이봉은 가끔 그에게 대사 연습 상대가 되어달라고 요청했다. "벽이 되어달란 말

6시 27분 책 읽어주는 남자

이지." 이봉이 처음에 이렇게 설명했다. "나한텐 그저 내
가 읊조리는 낭송이 부딪칠 수 있는 벽이 필요하거든." 길
랭은 할 수 있는 한 최선을 다해서 잘 이해할 수 없는 텍스
트들을 소리내어 읽었다. 이봉 그랭베르가 절정의 기량으
로 목청껏 피로스나 티투스, 아가멤논의 대사를 칠 때면,
길랭은 앙드로마크나 베레니스, 혹은 이피게니가 되어 여
자 목소리도 내면서 기꺼이 그와의 놀이에 장단을 맞춰주
었다. 경비원 이봉은 점심도 거른 채 12음절 정형시를 비
롯하여 그와 유사한 시 구절들에만 집중했다. 그는 보온병
에 담아 와서 하루 온종일 '입에 달고 살 만큼 좋아하는 차
를 벗 삼아 그 시 구절들을 삼키는 것 같았다.

　트럭 한 대가 피곤한 고래처럼 엄청나게 숨을 몰아쉬며
아래로 내려진 차단기에서 불과 몇 센티미터밖에 떨어지
지 않은 곳에 멈춰 섰다. 이봉은 잠시 돈 로드리그와 시멘
을 제쳐두고 화물 입하 시간이 지났음을 확인한 다음, 다
시 제3막 4장 연기에 몰입했다. 규정에 따르면, 주변 지역
주민들의 휴식을 위해서 스테른 사는 매일 12시부터 13시
30분 사이에는 모든 작업을 중단해야 했다. 이 규정에는

물론 그놈의 주린 배를 채워줄 화물을 운반하는 트럭 왕래에 대한 일시적인 제한도 포함되었다. 트럭 기사들은 모두 이 점을 잘 알고 있었고, 정해진 시간이 지나서 도착한 이들은 길가에 트럭을 세우고 시간이 되기를 기다리는 방식을 택했다. 오늘처럼 극소수의 간 큰 기사들만이 이따금씩 이 규정을 무시한 채 무작정 공장 안으로 들어오겠다고 생떼를 부렸다. 38톤 트럭의 힘으로 무장한 기사는 막무가내로 경적을 울려대면서, 열린 차창으로 조바심을 내비쳤다. "오늘 치요, 내일 치요?" 심드렁하게 묻는 경비원의 무심함에 열이 받은 기사는 트럭에서 내려 신경질적인 걸음으로 초소로 다가왔다. "어이, 이봐! 당신 귀머거리야, 뭐야?" 바로 코앞에 펼쳐져 있는 책에서 눈을 떼지 않은 채 이봉은 손바닥을 앞으로 내밀어, 지금 그의 온 신경은 히스테리 폭발 직전의 트럭 기사가 지껄이는 반말을 듣는 것이 아닌 다른 곳으로 향하고 있음을 알렸다. 길랭은 이봉이 독서 중에는 이유와 명분이 무엇이건 어떤 문장도 양보하지 않는다는 원칙을 항상 지키는 것을 가까이에서 보아왔다. "말씀의 끈을 놓아선 안 돼, 애송이! 끝까지 가야지. 미끄러지듯 낭송을 이어가다가 마침내 마침표에 도달하면, 그때 비로소 자유로워지는 거라네!" 신경질적으로 유리창을 손가락으로 두드려대던 기사는 처음보다 훨씬 더 경멸적인 투로 발악을 했다. "도대체 언제 차단기를 올려주기로 결심할 참이지?"

신참이군. 길랭은 짐작했다. 오직 뭘 모르는 신참만이 감히 이봉 그랭베르 앞에서 그토록 경망스러운 어조로 말할 수 있지! 1953년 판 『르 시드』에 책갈피를 끼운 이봉은 길랭에게 초소 벽면을 따라 이어진 선반 위에 놓인 상자를 가리켰다. 상자 안에는 그가 몇 년에 걸쳐 써온 자작시들이 소중하게 보관되어 있었다. 상자를 무릎에 올려놓은 이봉은 트럭 기사가 분을 이기지 못한 눈길로 쳐다보는 가운데 상자 속 내용물의 목록을 훑었다. 흡족한 마음으로 콧수염을 부르르 떨며 이봉이 "지각과 벌"이라는 제목이 붙은 24번 파일을 손에 쥐었다. 전문가의 손길로 넥타이를 고쳐 맨 그는 자작시에 잠시 눈길을 주었다. 역할에 몰입하기 위한 준비 절차였다. 그는 손바닥으로 은색 머리카락을 매만진 다음 크게 헛기침을 해서 목청을 다듬었다. 생-미셸-쉬르-로농에 자리잡은 알퐁스 도뱅 강습소의 1970

년도 졸업생이며, 1976년 이래로 변함없이 프랑세(테아트르 프랑세[Théâtre-Français] 또는 코메디 프랑세즈[Comédie-Française]를 줄여서 부르는 이름. 1680년에 세워진 이 극장은 현재 프랑스에서 유일하게 전속 극단까지 보유한 국립 극장임/옮긴이)의 회원으로 가입해온 이봉 그랭베르가 마침내 첫 번째 포를 쏘아올렸다.

"정오가 지났네, 벽시계를 보게.
큰 바늘이 벌써 반에 다가섰지!
무례함을 접고, 경멸을 거두게,
내가 자네에게 이 문을 열어줄
아주 작은 기회, 아직 남았으니."

트럭 기사의 얼굴에 번지는 한 대 얻어맞은 듯한 벙벙함에서는 이미 분노의 기색을 찾아볼 수 없었다. 이봉이 기운 찬 목소리로 시를 낭송해감에 따라, 이제 막 피부를 뚫고 나오기 시작한 수염이 듬성듬성 박힌 그의 턱은 점점 더 내려갔다. 길랭은 슬며시 미소를 지었다. 확실히 신참이었다. 처음에는 누구나 똑같은 반응을 보였다. 12음절

6시 27분 책 읽어주는 남자

정형시에 그들은 엄청 당황했다. 각운이 그들의 머리 위로 떨어지면서 명치 한가운데를 정통으로 가격하기라도 한 것처럼 그들을 질식시키는 것이었다. "12음절 정형시는 장검처럼 즉각적이지." 어느 날인가 이봉은 길랭에게 그렇게 설명했다. "그건 목표물을 정확하게 찌르기 위해서 생겨난 것이란 말일세. 물론 제대로 사용할 경우라는 단서가 붙어야겠지만. 그러니 여느 별 볼일 없는 산문처럼 마구잡이로 남발해서는 안 되지. 똑바로 서서 정확하게 발음해야 하네. 단어에 입김을 불어넣기 위해서 공기 기둥을 길게 잡아늘여야 한단 말이지. 열정으로 불꽃을 지펴 음절들을 하나하나 털어내고, 애인과 사랑을 나눌 때처럼 절정이 지날 무렵, 즉 반구(半句)와 중간 휴지의 리듬을 지켜가며 낭송을 해야 한단 말일세. 12음절 정형시는 낭송하는 배우의 평판을 결정해. 그러니 즉흥 연기가 들어설 자리가 없지. 12음절 정형시를 상대할 땐 속임수가 통하지 않는 법이라네, 애송이." 쉰아홉 살에 이봉은 그 무서운 무기를 자유자재로 다루는 달인이 되었다. 그는 185센티미터의 큰 키를 곧추세우고 초소 밖으로 나갔다.

"많은 기사들이 내 노여움 사지.
때맞춰 오게나, 온화함 보리니.
짐 내리고, 사나운 얼굴을 접게.
지각이 초래한 심란함 지우게.

다음엔 정해진 시간을 지키게.
내 인내심 바닥나게 하지 말게.
시간 지났는데, 새 짐 인수하는
것처럼 모욕적인 일은 없으니.

내 신경을 건드리는 일은 말게.
고운 치장 밑에 악녀가 숨었네.
내 비록 하인이라 하나 어쨌든
여기선 당신 운명의 주인이네!"

트럭 기사는 불안해하는 기색이 역력했다. 갑자기 그의
눈앞에 공장의 하찮은 경비원 이봉 그랭베르가 아니라 신
전을 지키는 막강한 사제가 서 있는 것만 같았다. 희끗희
끗한 콧수염 아래쪽에서 이봉의 진홍빛 입술은 전혀 동요

함이 없이 촌철살인의 문장들을 쉬지 않고 쏟아내는 중이었다. 기사는 카우보이 부츠 끝으로 조심스럽게 뒷걸음질을 치더니 몰고 온 볼보 트럭 운전석에 가서 앉았다. 그는 그곳에서 산사태처럼 밀고 내려오는 각운 사태를 피했다. 이봉은 그를 따라갔다. 거의 넋이 빠질 지경인 트럭 기사가 있는 힘을 다해 신경질적으로 차창을 끌어올리려는데, 이봉이 트럭 발판에 서서 운전석을 향해 못 다한 시 구절들을 읊조렸다.

"궁한 이에겐 대형 기계가 좋지,
감정 숨기고 수치심 덮기 위해!
뮤즈의 언어를 잠재우기 위해
그런 표정 거두고 사과하시지!"

어쩔 수 없이 굴복한 트럭 기사는 복종의 표시로 고개를 핸들 위에 푹 떨구고서 후회 비슷한 몇 마디 말을 웅얼거렸다. 그가 다시 차창을 올리려고 하자, 이봉은 마지막으로 허공을 향해 네 줄을 더 읊었다.

"나는 곧 가서 차단기를 올리고
분노를 서서히 진정시킬 걸세.
트럭 몰고 들어와 짐을 부리게.
절구공이 괴물이 오래 살라고."

　말을 하면서 동시에 행동에 나선 이봉이 대형 기계, 곧
대형 트럭에 길을 열어주자, 녀석은 요란하게 배기 가스를
뿜으며 기지개를 켰다. 잠시 시쟁이 친구 옆자리를 떠난
길랭은 하역이 제대로 이루어지는지 살폈다. 아직도 충격
이 가시지 않았는지, 트럭 기사는 싣고 온 짐의 절반 정도
만 하역장에 제대로 내리고 나머지 절반 정도는 주차장에
허겁지겁 쏟아놓았다. 그는 서류에 도장을 받자마자, 그새
이미 자신의 카스티야 왕국으로 돌아가 시멘 곁에서 무어
족의 도착을 살피고 있는(『르 시드』 제3막과 제4막의 내용. 이
봉은 무어족과 싸워 큰 공을 세우고 시멘의 사랑을 되찾는 로드리
그 역할을 연기하는 중이다/옮긴이) 이봉 그랭베르의 무차별
정형시 공격을 받는 일 없이 차단기가 올라간다는 사실에
너무 기뻐 뒤도 돌아보지 않고 쏜살같이 차를 몰아 공장을
빠져나갔다.

7

길랭이 그토록 두려워하는 청소 시간이 되었다. 놈의
내장을 훑기 위해서 빨려들어가듯 온몸을 그 안으로 들이
미는 것은 절대 쉬운 일이 아니었다. 매일 저녁 그는 구멍
안으로 들어가기 위해서 스스로에게 폭력을 가하는 셈이
었으나, 그것은 어떻게 보면 아무런 처벌도 받지 않고 중
죄를 저지르려면 반드시 지불해야 하는 대가였다. 코왈스
키가 공장 구석구석에 감시 카메라를 설치한 이후 길랭은
예전처럼 손쉽게 표본을 적출할 수가 없게 되었다. 주세페
의 사고가 공장장에게 여섯 대의 최첨단 디지털 감시 장비
로 공장 전체를 도배하는 빌미를 주었기 때문이다. 하루
온종일 그들의 일거수일투족을 감시하는 지치지도 않는
눈. 그 같은 비극이 되풀이되지 않도록 하기 위해서라고

뚱뚱이 공장장은 비통에 잠긴 목소리로 강조했다. 그가 거짓 슬픔을 연기하는 중이라는 것을 길랭은 모르지 않았다. 펠릭스 코왈스키라는 비곗덩어리 얼간이는 늙은 주세페 카르미네티를 그저 생산성 낮은 술주정뱅이 짐으로 생각했을 뿐, 그에게 손톱만큼의 연민도 보인 적이 없었다. 그는 예기치 않게 찾아온 주세페의 사고를 그의 오랜 꿈, 곧 그가 하루 종일 웅크리고 앉아 있는 가죽의자에서 엉덩이를 떼지 않고도 공장과 그 직원들 전부를 장악하겠다는 숙원을 실천에 옮길 절호의 기회로 만들었다. 길랭은 코왈스키와 그가 설치한 감시 카메라를 저주했다.

체르스토르의 작동을 멈춘 다음 길랭은 깔때기 속으로 몸을 밀어넣었다. 이 순간이면 그의 머릿속에는 항상 공포에 사로잡혀 발톱을 곤추세우고 절망적으로 스테인리스 벽을 긁어대는 쥐새끼의 이미지가 떠올랐다. 그는 제어장치판의 전원을 끊었고, 따라서 연료 공급이 차단되었으므로 놈이 그에게 아무런 위해도 가할 수 없는 상태임을 잘 알고 있었다. 그럼에도 긴장을 늦출 수 없는 길랭은 아주 작은 떨림에도 놈이 갑자기 그의 등짝에 붙은 딱지라도 잡아떼고 싶은 충동을 일으키는가 싶어, 언제라도 놈의 발톱에서 몸을 빼낼 수 있도록 세심하게 주의를 기울였다. 그는 실린더 축의 나사를 푼 다음 두 줄로 정렬한 망치들 사이로 들어갔다. 조금 더 몸을 꿈틀거리며 기어들어간 후에야 아래쪽 접촉면에 도달한 길랭은 측면 뚜껑문을 통해서 브뤼네르에게 기름 펌프를 달라고 소리쳤다. 185센티미터나 되는 큰 키 때문에 멀대 같은 그 녀석은 기계 안에 들어올 수 없었다. 배를 눈앞에 두고도 승선할 수 없음을, 부둣가에 서서 32구경 스패너나 뷰레트 관 또는 파이프나 건네주는 것으로 만족해야 하는 이 상황을 녀석은 대단히 못마땅하게 여겼다. 길랭은 헤드 랜턴을 켰다. 그가 그날 치를 수확하는 곳은 바로 아직 따뜻한 기운이 남아 있는 강철 밥통 속이었다. 여남은 장 정도가, 여느 때와 같은 장소, 그러니까 노즐에서 뿜어대는 액체가 닿지 않는 유일한 곳, 스테인리스 벽과 칼이 잔뜩 달린 마지막 축을 고정시키는 접합부에서, 그가 수거해주기를 기다리고 있었다. 뜨거운 김을 잔뜩 쐬어 쭈그러진 낱장들이 이리저리 흩날리며 낙하를 거듭하다가 아직도 물방울을 흥건히 머금고 있는 금속 벽에 붙어 추락을 멈춘 것이었다. 주세페는 이 낱장들을 살아 있는 살갗이라고 불렀다. 그는 감정을 가득 담은 목소리로, "이 녀석들은 대학살에서 유일하게 살아남은 생존자들이야, 애송이"라고 말하곤 했다. 길랭은 머뭇거리지 않고 오버롤 작업복의 지퍼를 조금 열어 티셔츠 속으로 그 종이들을 쑤셔넣었다. 기계의 틈 사이사이에 꼼꼼하게 기름을 먹이고 놈의 뱃속을 물로 씻은 다음 그는 아직도 온기가 가시지 않은 그날 치 수확물을 가슴에 품은 채 감옥 같은 놈의 배에서 빠져나왔다. 자주 그래왔듯이 그날도 어김없이 가죽의자에서 묵직한 비곗덩어리를 일으킨 코왈스키가 집무실 창가에서 지켜보았다. 자기가 고용한 직원이 기껏 몇 분에 불과하지만 어쨌거나 자신의 시야에서 벗어난다는 사실에 그는 늘 마음이 몹시 찜찜했다. 감시 카메라가 아무리 열심히 빨간 불을 깜박이며 소임을 다하고 있다 한들, 비뇰이 체르스토르의 뱃속에 들어가서 뭘 하는지까지는 알 수 없는 노릇이었다. 게다가 길랭이 저녁마다 천사처럼 환한 미소를 지으며 샤워실로 향한다는 사실은 한층 더 그의 불안감을 자극했다.

  거의 10분 동안 길랭은 뜨거운 물줄기 아래에 서 있었다. 그는 하루 온종일 기름으로 목욕을 한다는 느낌을 떨쳐버릴 수 없었다. 그러므로 무슨 수를 써서든 그 더러운 기름때를 제거해야 했다. 노란 사방 벽 속에서 자행되는 범죄의 흔적을 깨끗하게 지우지 않으면 안 되었다. 그는 지옥에서 살아 돌아왔다는 느낌을 안고 거리에 면한 쪽문을 열고 나왔다. 집으로 데려다주는 열차에 몸을 싣고 나면, 그는 낱장들을 꺼내 한 장씩 조심스럽게 압지첩 사이에 끼웠다. 이렇게 하면 종이들은 몸에 남은 물기를 모두 토해낼 것이었다. 그러면 내일, 같은 노선을 달리는 열차 안에서, 그가 거기에 적힌 글들을 모두 읽은 후, 이 살아 있는 살갗들은 비로소 생을 마감하게 될 것이었다.

8

길랭은 집으로 돌아오는 퇴근길 열차 안에서는 글을 읽
지 않았다. 그럴 힘도 마음도 없었다. 오렌지색 보조의자
에도 앉지 않았다. 그는 살아 있는 살갗들을 압지첩에 정
리하는 일이 끝나면 그것들을 모두 가방에 넣고 두 눈을
감아버렸다. 그러고는 열차가 그의 피곤한 몸을 달래주는
동안 삶이 서서히 그에게 돌아오도록 잠자코 앉아 있었다.
한쪽에서는 새로 표면으로 떠오르는 삶이, 다른 한쪽에서
는 열차 바퀴가 굴러가면서 그날 하루의 더러웠던 기분을
새록새록 상기시키는 철길 아래 자갈들이 그를 둘러싼 가
운데 흘러가는 잔잔한 20분.

역을 빠져나온 길랭은 대로를 따라 1킬로미터쯤을 걸어
서 보행자들을 위한 좁은 길들이 뒤엉킨 시내 중심지로 들

어섰다. 그는 샤르미유 산책로 48번지, 낡은 건물의 4층이자 맨 꼭대기 층에 살았다. 건물의 지붕과 거의 맞붙은 그의 원룸은 필요한 최소한만을 구비한 집이었다. 유행이 한참 지난 구닥다리 작은 부엌, 난쟁이 욕실, 낡은 리놀륨 바닥. 오늘처럼 비가 오는 날이면 지붕을 뚫어 만든 천창에서는 바람이 불 때마다 빗물이 스며들어왔다. 여름에는 햇빛을 흠뻑 빨아들인 기왓장들이 36제곱미터짜리 원룸을 불가마로 만들기 일쑤였다. 하지만 그래도 그는 매일 저녁 집으로 돌아올 때마다 브뤼네르와도, 코왈스키와도 멀리 떨어져 있다는 생각에 늘 안도감을 느꼈다. 미처 재킷을 벗기도 전에 그는 침대 머리맡 협탁에 놓인 어항에서 생활하며 그와 삶을 공유하는 금붕어 루제 드 릴에게 먹이를 한 줌 뿌려주었다. "조금 늦어서 미안. 그런데 말이지, 오늘 저녁에는 18시 48분 열차를 19시 02분 열차라고 불러야겠더라고. 난 완전 파김치야. 넌 네가 얼마나 행복한지 아마 모를걸. 이런 마음 네가 아는지 모르겠는데, 네가 될 수만 있다면, 난 아무리 비싼 대가라도 기꺼이 치를 것 같아."

6시 27분 책 읽어주는 남자

길랭은 이렇듯 점점 더 자주 금붕어와 이야기하는 자신을 보고 깜짝깜짝 놀라곤 했다. 그는 금붕어가 그곳, 그 동그란 어항 한가운데에서 그가 쏟아내는 그날 하루의 이야기에 모든 청각을 열어놓은 채 그의 말을 듣고 있다고 믿고 싶어했다. 속내를 털어놓는 상대로 금붕어를 택했다는 것은, 비록 이따금씩 금붕어의 입에서 물방울이 보글보글 솟아오를 때면 혹시 그의 질문에 대한 녀석의 대답이 아닐까 하는 의문이 들 때도 있기는 하지만, 전반적으로 상대로부터 수동적인 경청과 침묵 외에는 아무것도 기대하지 않음을 뜻했다. 루제 드 릴은 예의상 어항을 한 바퀴 돌고 난 다음, 수면 위에 떠다니는 먹이를 쪼아대기 시작했다. 전화기의 여러 단추에서는 불이 깜빡거렸다. 그가 수화기를 들자, 예상대로 전화기 속에서 주세페의 목소리가 폭발음처럼 들려왔다. "이보게, 애송이!" 그 흥분한 어조가 오랜 친구를 속일 때마다 빠져들어야 했던 깊은 수치심의 늪에서 길랭을 건져올렸다. 거의 기절이라도 할 것처럼 극도로 흥분한 주세페는 제법 긴 침묵 끝에 다시 입을 열었다. 격한 감정을 주체하지 못하는 목소리였다. "알베르가 방금 전화했는데, 하나를 손에 넣었다는군! 집에 돌

아오는 대로 나한테 전화 부탁하네." 빠져나갈 여지라고
는 전혀 허락하지 않는 단호한 명령조였다. 주세페는 첫
번째 신호음이 미처 끝나기도 전에 전화를 받았다. 길랭은
슬며시 미소를 지었다. 노인은 그의 전화를 애타게 기다리
고 있었던 것이다. 그는 한순간도 그의 곁을 떠나지 않는
아몬드 열매색의 담요로 몸을 둘둘 말고서, 그것도 다리라
고 할 수 있을지 모르겠으나 좌우간 남아 있는 다리 한쪽
에 전화기를 올려놓은 채 잔뜩 긴장한 손으로 수화기를 쥐
고 있을 주세페를 상상했다. "그럼 이제 얼마나 된 거죠,
주세페?"

"세테 첸토 친콴타노베!"

단단히 화가 나거나 지금처럼 대단히 기쁠 때면 그는
기꺼이 모국어의 바다 속에 몸을 던졌다. 759권이라면, 이
제 어디만큼 온 셈일까? 길랭은 혼자 생각했다. 발목은 지
났고, 종아리쯤? "아니, 그게 아니라 지난번에 마지막으로
찾아낸 이후에 시간이 얼마나 걸렸냐고요?" 길랭은 냉장
고 오른쪽에 걸어놓은 달력에 빨간 동그라미를 쳐놓아 확
실하게 기억하면서도 짐짓 모르는 척 능청을 떨었다.

"석 달하고 열이레지. 마지막이 지난 11월 22일이었거

든. 이번 건은 리브리-가르강 쓰레기 하치장에서 일하는 알베르의 지인 덕분이라네. 그자가 발견했으니까. 파지를 잔뜩 실은 덤프트럭 맨 위쪽에 있었다더군. 색깔 때문에 그자의 눈길이 쏠렸다지. 내가 사진을 찍어서 사람들에게 돌린 게 효과가 있었다고 했어. 그 덕분에 색깔을 금세 알아봤다니까. 그런 색깔을 쓴 책은 세상에 둘도 없을 거라고 그러더군. 그자가 성당 시복 노릇을 하던 어린 시절에 보던 기도책하고 같은 색깔이라나 뭐라나. 이런 제기랄, 기가 막혀서. 게다가 그자 말대로라면, 이번 책은 뒤표지 오른쪽 위 귀퉁이에 기름이 약간 번진 자국만 빼면 상태도 거의 완벽하다더군."

길랭은 센 강 투르넬 기슭의 고서 장수이자 전설적인 입담을 자랑하는 알베르가 너무 떠벌여서, 언젠가 늙은 주세페의 의심을 사게 될 것이 두렵지 않은 것은 아니었지만, 그래도 자신의 사기극을 제대로 밀고 나가는 데 필요한 공범으로 그 고서 장수를 선택하기를 잘했다고 다시 한번 스스로를 칭찬했다. 책 뒤표지에 기름 얼룩을 만들어야 한다는 사실을 명심할 것. 길랭은 머릿속에 입력했다. "내일이

요. 주세페, 약속할게요. 내일 그 책을 찾으러 갈게요."

"좋아, 애송이, 내일. 어쨌거나 알베르가 알아서 잘 보관해줄 테지. 자네가 갈 때까지 잠자코 기다릴 걸세."

길랭은 접시에 담긴 쌀 요리를 먹는 둥 마는 둥 께적거렸다. 거짓말, 늘 거짓말을 해왔고, 지금도 여전히 거짓말을 하고 있잖아. 그는 루제 드 릴이 소화를 끝마치는 모습을 지켜보다가 잠이 들었다. 텔레비전에서는 기자 한 명이 머나먼 어느 나라에선가 일어난 혁명과 그 때문에 끝없이 죽어가는 사람들의 소식을 전하는 중이었다.

9

치명적인 근무 태만, 이것이 스테른 사가 사고가 있은 지 3주일도 채 되지 않는 기간 동안 서둘러서 조사한 끝에 내린 결론이었다. 재고의 여지라고는 찾아볼 수 없는 간략하기 그지없는 하나의 문장. 길랭은 오만 가지 각도로 하도 여러 차례 살펴본 탓에 이 문장을 토씨 하나 빠짐없이 외우고 있었다. "자연자원 처리 및 재활용 전문회사에서 28년간 책임 기사로 근무해온 카르미네티 씨가 변을 당한 유감스러운 사고는 바로 그 책임 기사의 치명적인 근무 태만 때문이었다. 더구나 이 책임 기사에게서는 사고 당시 혈액 1리터당 알코올이 2그램 이상 섞여 있었던 것으로 판명되었다." 알코올, 주세페를 구렁텅이 속에 옭아넣은 장본인은 바로 그놈의 알코올이었다고 길랭은 확신했다.

스테른 사가 파견한 변호사와 전문가라는 사람들은 이 구질구질한 사건의 진정한 원인을 깊이 파헤치려는 시도도 하지 않고 그저 피해자에게 불리하도록 심리(審理)를 진행했다. 그 냉혈한들이 다 찢어진 작업복과 체르스토르가 작업을 중지한 45분에 대한 손실비용 청구서를 내밀지 않은 것만도 감지덕지해야 할 판이었다. 더도 덜도 아니고 딱 45분. 신고를 받고 출동한 구급대원들이 기계 저 아래쪽 바닥에서 그의 피를 빨아먹는 책들 속에 파묻힌 채 사형수처럼 극심한 통증을 외치며 온몸을 비틀어대는 주세페, 그의 두 다리가 있던 자리에 생겨난 두 개의 고통의 우물에 온 정신을 빼앗긴 주세페를 끌어내는 데 걸린 시간. 주세페가 막 측면 노즐 중 하나를 교체하고서 깔때기 밖으로 나오려던 찰나에 놈이 허벅지 중간 부분까지 그의 다리를 집어삼킨 것이었다. 구급차의 문이 미처 닫히기도 전에, 길랭이 화장실 변기 양쪽 끝을 움켜쥐고 속 안에 있는 것을 모조리 토해내고 있는 동안, 코왈스키는 놈을 재가동시켰다. 그 걸레 같은 자식은 주세페의 마지막 비명이 여전히 창고 안에서 맴돌고 있을 때, 그 끔찍한 기계를 가동시킨 것이었다. 길랭은 뚱뚱이의 그 행동을 절대 용서할 수 없었다. 그에게는 무슨 일이 있어도 시작한 일, 그러니까 38톤짜리 트럭에 실린 양만큼의 책을 제지용 펄프로 가공하는 작업을 끝내야 한다는 단 하나의 목표만 있을 뿐이었다. 그 모든 것이 체르스토르의 내장 안에서 책임 기사 카르미네티의 다리 조각들과 함께 뒤섞였다. 쇼는 계속되어야 한다(The show must go on), 그러니 다리들일랑 고이 잠들기를!

알코올만으로 모든 것을 설명할 수는 없었다. 길랭은 분명 안전장치를 걸었다는 주세페의 주장을 믿었다. 물론 주님이 만드신 날이면 날마다 그래왔듯이, 그날도 그가 늘 마시던 양만큼의 싸구려 적포도주를 마신 것은 사실이지만, 그 망할 놈의 안전장치를 걸지 않고 기계 바닥으로 내려가는 일이란 있을 수 없었다. 길랭은 주세페의 됨됨이는 물론 그가 놈에 대해서 품고 있는 경계심도 잘 알고 있었다. "이봐, 애송이, 조심해야 해! 그놈은 아주 사악하기 때문에 언젠가는 쥐를 데리고 놀듯 우리를 농락할 수도 있어!" 그는 틈만 나면 길랭에게 같은 말을 되풀이했다. 길랭 자신도 이미 그 점은 충분히 감지하고 있었다. 두 사람

은 쥐 문제에 대해서 겉으로 드러내놓고 이야기를 나눈 적
은 없었다. 이성의 한계를 벗어나는 그런 일들을 입에 담
기란 솔직히 쉬운 일이 아니다. 저마다 상대방이 안다는
것은 알고 있었지만, 그뿐이었다. 딱 한 번인가, 주세페는
그 문제에 대해서 코왈스키에게 한마디 언질을 주었다. 사
고가 있기 훨씬 전이었다. 어느 날 아침 벌써 몇 번째인지
모를 희생자를 발견한 주세페가 뚱뚱이에게 가서 불안감
을 토로했지만, 아무런 후속 조치도 없었다. 공장장은 늙
은이의 말쯤은 깡그리 무시해버리고서 입에 밴 감언이설
로 그를 쫓아버린 것이 틀림없다고 길랭은 짐작했다. 주세
페는 깨끗하게 빨아놓은 빨래처럼 하얀 얼굴, 핏기 가신
심각한 얼굴로 공장장의 사무실을 나왔다. 길랭은 그때 아
무 말도 하지 않았다. 그는 지금까지도 두고두고 그것을
후회했다. 만일 그때 길랭 자신도 주세페와 함께 공장장에
게 갔었다면, 그들은 어쩌면 그 문제를 좀더 진지하게 연
구해보았을 것이고, 그날 아침, 전날 저녁까지만 해도 아
무것도 없던 체르스토르 500의 엉덩짝에 붙은 상자 속에
서 갈기갈기 찢어진 쥐들이 발견된 까닭을 알아보고자 했
을 것이다. 길랭은 그 나름대로 모든 가능성을 열어놓고

조사를 해보았다. 물망에 오른 가설을 하나씩 하나씩 지우다 보니 마침내 단 하나, 곧 놈은 아마도 단순한 기계 이상 가는 존재이며, 그래서 한밤중에 어쩌다 쥐새끼들이 목구멍 깊숙이 들어오면 저 혼자서도 요동을 친다는, 가장 확률은 낮지만 유일하게 그럴듯하다고 생각할 수밖에 없는 단 하나의 가설만이 남았다.

사고가 있은 지 1년이 지나고 반복적으로 전기 공급이 끊기는 문제가 발생하면서 체르스토르 제어장치판을 완전히 분해하여 점검하자, 안전기 손잡이에 문제가 있었음이 드러났다. 불량 접속기 때문에 작동이 원활하지 못해서, 심지어 손잡이가 분명히 'OFF'에 고정되어 있을 때조차도 전기가 변덕스럽게 흐른다는 사실이 밝혀진 것이었다. 이에 따라 다시는 그 같은 비극이 벌어지지 않도록 모든 안전장치가 심지어 두 배 이상 강화되었다. 뿐만 아니라, 경영진은 전직 체르스토르 500의 책임 기사 카르미네티가 불행하게도 기계 속에 들어가 있던 순간 기계가 갑작스럽게 작동하는 불의의 사고를 당한 희생자였음을 인정했다. 그 덕분에, 최소한의 사회보장 지급액으로 연명해야 했던 주세페는 그간의 피해에 대한 보상으로 17만6,000유로를 받게 되었다. "다리 하나당 8만8,000유로!" 주세페는 전화기에 대고 울먹이는 목소리로 말했다. 돈도 돈이지만 그보다 술꾼인 그가 한 말을 경영진이 신지하게 고려해주었다는 사실이 주세페를 진심으로 행복하게 만들었을 것이라고 길랭은 생각했다. 전문가라는 사람들은 도대체 어떤 방식으로, 주세페의 경우에서 보듯이, 한 사람의 죽음이나 외상 또는 신체 일부 손실 등의 값을 결정하는지 길랭은 몹시 궁금했다. 어째서 8만7,000유로나 8만9,000유로가 아니라 8만8,000유로여야 한단 말인가? 그자들은 피해자의 다리 길이며 무게, 용도 등을 모두 고려했을까? 주세페와 길랭은 바보가 아니었다. 그들은 전문가들이 내린 결론도 쥐 문제에 관해서는 아무런 설명이 되지 못한다는 점을 놓치지 않았다. 디젤 모터가 한밤중에 갑자기 작동하려면 불량 접속기만 가지고는 충분하지 않았다. 그후 길랭은 이 문제에 대해서 다시 주세페와 이야기를 나눠보지 않았다. 하지만 쥐들은, 아니 쥐였음을 짐작하게 하는 잔재들은 정기적으로 발견되었다. 그것들은, 뭐랄까, 상자 깊숙한 곳에 내려앉은 짙은 핏빛의 큼지막한 꽃잎, 간혹 중앙에는 잉크 방울처럼 아주 작은 검은색 눈을 가진 꽃잎 같았다.

다시는 다리가 자라나지 않는다는 사실을 주세페가 인정하기까지는 거의 석 달 정도의 시간이 필요했다. 연분홍빛 흉측한 상처, 늙은 보리수나무의 툭 불거진 가지마냥 부풀어오른 두 개의 살점을 돌이킬 수 없는 것으로 받아들이는 데 걸린 석 달. 의사들은 그 정도면 양호하다고, 언제까지고 현실을 받아들이지 못하는 다른 사람들에 비하면 아주 양호한 편이라고 추켜세웠다. 번쩍거리게 광이 나는 새 휠체어를 타고 신체기능 재활 센터를 누비는 그를 보면서 길랭은 드디어 그가 잃어버린 다리에게 완전히 작별을 고했다고 믿었다. "버터플라이 750이라네, 애송이! 무게가 12킬로그램도 안 된다니, 그 말을 믿을 수 있겠나? 때깔은 또 어떻고, 자네도 이 색깔 봤지? 이름이 비올린, 그러니까 붉은 보라색이더군. 자네 보기엔 어때?" 길랭은 미소를 짓지 않을 수 없었다. 그의 말을 듣고 있자면, 장애인을 위한 휠체어를 시운전하는 기쁨을 누리기 위해서 지금 당장 가장 먼저 눈에 띄는 체르스토르 500에게 두 다리를 넙죽 제물로 가져다 바치고 싶은 마음이 들 정도였다. 그러던 주세페가 언제부턴가 다리의 귀환 같은 이상스러운 소리를 늘어놓아 길랭을 불안하게 하기 시작했다. "내가 말이지, 그것들을 되찾게 되면 사정이 훨씬 더 나아질 거야, 애송이." 길랭이 찾아갈 때마다 주세페는 두 눈 가득 희망을 담고 똑같은 소리를 반복했다. 처음에 길랭은 놈이 그의 두 다리뿐만 아니라 그의 이성마저 부분적으로 잡아먹은 모양이라고 생각했다. 철저하게 술을 끊은 이상 주세페가 거듭 말하는 이 이상한 소리를 알코올 탓으로 돌릴 수도 없었다. 공장에서 멀어지더니 그는 단숨에 술과의 연을 끊었다. 길랭은 나름대로 짚히는 바가 있기는 했지만, 그래도 그가 말하는 "내가 그것들을 되찾게 되면"이 무슨 뜻인지, "그것들"은 또 무엇인지 물었다. 그러자 주세페는 때가 되면 전부 이야기하겠노라며 조개처럼 입을 꾹 닫아버렸다. 그로부터 몇 주일 후, 나이 든 친구가 양손에 책을 한 권 들고서 문을 열어줄 때의 그 환하게 빛나던 얼굴을 길랭은 아마 평생 잊지 못할 것이다. 주세페는 엄숙하게 그 책을 내밀더니 감정에 북받친 음성으로 책을 소개하기 시작했다. "장-외드 프레시네의 『지난 시대의 정원과 텃밭 (*Jardins et Potagers d'autrefois*)』, ISBN 3-365427-8254 일세. 팡탱의 뒤카스 달랑베르 인쇄소 윤전기에서 2002년

5월 24일에 찍었지. 평량 90그램짜리 재활용지 AF87452
번 연(連)으로 1,300부를 인쇄했다네. 그 종이는 2002년 4
월 16일·자연자원 처리 및 재활용 전문회사에서 생산하여
67,455와 67,456이라는 번호를 붙여 출고한 제지 펄프로
만들어졌지."

길랭은 그 책을 받아들고서 영문을 모른 채 이리저리
살펴보았다. 푸르죽죽한 똥색 표지는 도무지 독서 욕구를
자극하지 않았다. 길랭은 떨떠름한 표정으로 건성건성 책
을 훑어보았다. 정원 가꾸는 기술을 다룬 책이었다. 씨 뿌
리기, 땅 고르기, 잡초 뽑기 등을 비롯하여 모든 주말 농부
들이 텃밭을 가꾸는 데 필요한 여러 유익한 내용이 소개되
어 있었다. "갑자기 정원 가꾸기 재능이라도 발견해서 아
파트에서 채소라도 기르시려는 거예요?"

휠체어에 앉은 주세페는 어리둥절한 표정을 짓는 그를
보면서도 연신 기뻐서 어쩔 줄 모르며 몸을 흔들어댔다.
그제야 주세페가 했던 몇 마디 말이 길을 헤치고 달려와
그의 뇌리를 쾅 때렸다. 4월 16일이라면, 주세페의 두 다리
가 체르스토르의 뱃속으로 빨려들어간 날이 아닌가! 두 다

리의 뼈와 살이 으스러지고 짓이겨지고 펄펄 끓는 물속에 던져지면서 수백만 개의 세포로 흩어졌다가 놈의 뱃속에서 은밀하게 다시 합쳐져서 잿빛 똥덩어리가 되어 상자 속으로 떨어진 날이 바로 그 4월의 저주받은 날이었다. 그의 두 다리가 세상에 둘도 없는 특별한 종이로 만들어진 이별 볼일 없는 책과 나머지 1,299권의 책으로 변하여 세상에 나오기 위한 기나긴 여정을 시작한 날. 길랭은 너무 놀라 입을 다물지 못했다. 주세페는 그의 말대로 두 다리를 되찾은 것이었다!

10

주세페에게 한 약속과는 달리, 길랭은 토요일에 알베르를 만나러 파리에 가지 않았다. 그는 사실 그럴 마음이 전혀 없었다. 그는 집에서 꼼짝도 하지 않았다. 그저 루제드 릴이 엄청 좋아하는 말린 해초를 사러 집에서 한두 블록 떨어진 곳에 있는 애완동물 가게에 잠깐 다녀왔을 뿐이었다. 오후로 접어들 무렵 그는 옷장 안에 들어 있던 묵직한 여행가방을 꺼냈다. 『지난 시대의 정원과 텃밭』이 프랑스 전역에서 몰려들던 축복받은 시기에 대한 기억이 새삼 떠올랐다. 주세페는 인터넷에서 관련 사이트라면 하나도 빠짐없이 뒤지고 서점이란 서점은 모두 접촉한 후 신용카드를 열심히 긁어서 그 책의 재고분을 몽땅 사들였다. 그리고 나서는, 현명하게도 센 강변에서 고서를 파는 고서 장수들까지 생각해냈다. 어느 날, 늙은 주세페와 그의 휠체어는 고서 장수들이 진을 치고 있는 구역으로 돌진했으며, 주세페는 좁은 인도에서 휠체어를 굴려가며 그들 한명한명에게 자신의 이야기를 털어놓았다. 그는 자연자원 처리 및 재활용 전문회사의 전직 책임 기사이며, 왕년의 술주정뱅이이자 두 발로 직립 보행하던 주세페 카르미네티의 두 다리가 남긴 흔적을 간직하고 있는 책들을 남김없이 사들이려 한다는 그의 결심을 누누이 설명했다. 고서 장수 각자에게 주세페는 뒷면에 그 우스꽝스러운 책의 제목을 적은 자신의 명함을 건넸다. 그의 이런 행동은 고서 장수들을 감동시키기에 충분했다. 고서 장수들은 저마다 각자의 인맥을 동원해서 이 '성배' 찾기에 나섰다. 그 무렵 길랭은 주말이면 한번도 거르지 않고 파리의 센 강변으로 가서 주세페에게 수확물을 가져다주는 심부름꾼 역할을 자청했다. 그는 어슬렁거리며 산책을 하거나 유람선 바토무슈가 관광객들을 싣고 유유자적하게 센 강의 은빛 물결 위로 미끄러지는 광경을 물끄러미 바라보는 이 시간을 사랑했다. 스테른 공장이 아닌 다른 세상, 책들이 강가 난간을 따라 나란히 정렬된 녹색 상자 속에서 노트르담 성당 종탑

6시 27분 책 읽어주는 남자

의 가호를 받으며 도도한 강물이 흘러가는 리듬에 따라 평온하게 늙어가는 세상이 존재한다는 사실을 확인하는 것은 기분 좋은 일이었다.

이 미친 수집을 시작한 지 1년 반이 채 되지 않아서 모인 책은 500부를 돌파했으며, 3년이 지났을 때는 700부 고지도 돌파했다. 그러더니 일어나게 될 일이 기어코 일어나고야 말았다. 샘이 마르기 시작하면서 수집되는 책의 수가 746권에 머물러 더 이상 꿈쩍도 하지 않게 된 것이었다. 그러자 주세페는 깊은 실의에 빠져들었다. 책을 찾아내는 일은 여러 해 동안 그에게 살아야 하는 중요한 이유가 되어주었다. 밤이면 밤마다 잘려나가 있지도 않은 다리를 저리게 만드는 '개미 떼'의 공격을 견딜 수 있는 용기를 준 것은 바로 책을 찾겠다는 일념이었다. 그가 버터플라이를 타고 길에 나서면 어깨 위로 소나기처럼 퍼부어지는 동정의 시선을 순순히 받아들일 수 있었던 것도 역시 같은 이유 때문이었다. 주세페는 삽시간에 무너져버렸다. 거의 1년 동안이나 길랭은 하염없이 바닥으로 곤두박질치는 노인의 기운을 북돋우기 위해서 고군분투했다. 그는 일주일에 한두 번가량 주세페를 찾아갔다. 방 안으로 햇빛을 들이기 위해서 발을 걷어올리고 창문을 열어 아파트 안에 감도는 나쁜 기운을 모두 내보냈으며, 나이 든 친구의 손을 조심스럽게 잡았다. 따뜻하지만 죽어가는 두 마리의 새처럼 힘없는 두 손은 저항하는 기색이라고는 없이 순순히 길랭의 손에 잡혔다. 그렇게 손을 잡고서 길랭은 이런저런 이야기를 해가며 주세페를 욕실로 이끌었다. 친구의 고통받는 몸을 욕조 속에 넣고 그 몸을 문질러주었으며, 뺨과 턱 밑에 산발적으로 드문드문 자라난 수염을 깨끗하게 면도해주었고, 까치집처럼 뒤엉킨 머리카락도 곱게 빗겨주었다. 길랭은 개수대에 제멋대로 흩어져 있는 그릇들을 설거지하고, 아파트 곳곳에 던져져 있는 옷가지들도 정리했다. 그는 주세페에게 무슨 일이 있어도 꿋꿋하게 버텨야 한다고, 희망이 깡그리 사라진 것은 아니라고, 시간을 가지고 기다리면 돌멩이 틈 사이에 남아 있던 얼음도 언젠가는 녹듯이 남은 책들도 마침내 모습을 드러내게 될 것이라는 말을 건넨 다음에야 노인의 집을 떠났다. 하지만 넋이 빠진 노인을 무기력과 무관심 상태에서 끌어내려는 그의 이 모든 노력은 이제껏 아무 소용이 없었다. 오직 새로 책

이 발견되었다는 소식만이 노인의 시선에 예전과 같은 불
꽃을 점화할 수 있을 것이었다. 어떻게 해서 장-외드 프레
시네에게 연락을 해보아야겠다는 생각이 떠올랐는지, 길
랭 자신도 그 점은 설명할 길이 없었다. 한편으로는, 이제
껏 그보다 앞서서 『지난 시대의 정원과 텃밭』을 쓴 저자
와 직접 이야기를 나눠봐야겠다는 생각을 한 사람이 아무
도 없었다는 사실이 불가사의에 가까웠다. 주세페마저도
거기에는 생각이 미치지 못했던 것이다. 길랭은 특별한 어
려움 없이 고명한 저자의 전화번호를 알아냈으며, 다섯 번
째 신호음이 울린 후, 프레시네 부인의 약간 떨리는 듯한
음성을 통해서 그녀의 남편이 몇 년 전, 열정적으로 박과
식물과 중부 유럽의 쌍떡잎 식물에 관한 두 번째 저서를
집필하던 중에 세상을 떠났다는 소식을 전해들을 수 있었
다. 길랭은 미망인에게 그녀가 남편을 기억하는 뜻에서 보
관하고 있는 푸르딩딩한 똥색 표지의 책들에는 그녀 남편
의 정신적인 유산 외에 플러스 알파가 있다는 사실을 설명
했다. 프레시네 부인은 자신에게는 그저 몇 권만 있으면
충분하다며, 망설일 것도 없이 나머지는, 그러니까 거의
100권쯤 되는 완전 새 책들을 모두 그에게 넘겨주겠다고

75

시 27분 책 읽어주는 남자

했다. 그 책들을 한꺼번에 모두 주세페에게 주는 것은 엄청난 실책임을 길랭은 누구보다도 잘 알았다. 주세페에게는 끊임없이 책의 행방을 추적하는 일이 중요했다. 그러니 프레시네 부인이 보관하고 있던 책들을, 가령 많아야 1년에 서너 권 정도의 리듬으로 아주 조금씩 풀어야 했다. 노인의 시선에 살아야겠다는 의욕의 불길을 다시금 지피고, 그가 책 사냥을 계속하도록 지탱해주는 정도면 족했다. 한창 일이 잘되던 시기에 센 강 고서 장수들의 대변인 노릇을 도맡았던 것이 알베르였다. 그의 야유 섞인 대단한 입심은 관광객들에게 선풍적인 인기였으며, 덕분에 마치 거미줄에 파리가 걸려들 듯이 관광객들이 그의 상술에 꼼짝 못하고 걸려드는 것이었다. 그러니 길랭도 자신의 계획을 효과적으로 밀고 나가기 위해서 자연스럽게 그를 찾았다. 두 사람은 놀라울 정도로 손발이 착착 맞았다. 때가 되면, 그러니까 늙은 주세페가 다시금 용기를 잃고 실의에 빠질 기미를 보이기 시작하면, 길랭은 알베르에게 신호를 보냈다. 그러면 고서 장수 알베르는 주세페에게 전화를 했고, 그의 연락을 받은 주세페는 서둘러서 길랭에게 새로 책이 발견되었음을 알렸다. 3년 동안, 늙은 주세페가 이런 사기극의 전말을 까맣게 모르는 채로, 프레시네 부인으로부터 받은 책 가운데 열두어 권가량이 완전히 조작된 가운데 세상으로 나왔다.

침대 위에 가방을 내려놓은 길랭이 엄지손가락으로 천천히 두 개의 잠금장치를 누르자 먼지가 잔뜩 앉은 가방이 열렸다. 그는 미소 띤 얼굴로 『지난 시대의 정원과 텃밭』을 물끄러미 바라보았다. 여든다섯 권. 20년은 거뜬히 버틸 양이군. 길랭은 생각했다. 그는 손 닿는 곳에 있던 책을 한 권 집어들었다. 그리고 키친타월 한 장을 뜯어 기름을 먹인 후 그것으로 뒤표지 오른쪽 귀퉁이를 세심하게 두드렸다.

11

주세페는 길랭의 집에서 10분 정도 떨어진 곳에 최근에 세워진 요양원의 가장 아래층에서 살았다. 길랭은 초인종을 누를 필요도 없었다. 부엌에서 길랭이 오는 것을 지켜보던 주세페가 유리창에 코를 박은 채 들어오라고 외쳤다. 그의 집은 청결했다. 현관에서 신발을 벗은 길랭은 늘 지켜오던 변치 않는 습관대로 주세페의 낡은 실내화, 주인을 잃고 고아가 되어버린 나머지 누군가의 발을 맞이하게 되는 것만으로도 기뻐하는 듯한 그 실내화를 신었다. 거실 벽 전체를 덮고 있는 적갈색 마호가니 선반 위에는 758권의 『지난 시대의 정원과 텃밭』이 푸르딩딩한 똥색 등짝을 방문객들에게 보여주며 표지와 표지를 맞대고 나란히 꽂혀 있었다. 주세페의 자식들. 길랭은 그가 곁을 지나가면서 손가락 끝으로 그 책들을 쓰다듬는 모습, 정기적으로 먼지를 털기 위해서 그가 하는 그 동작을 두 눈으로 똑똑히 지켜보아왔다. 그것은 분명 피와 살을 가진 존재들끼리 살을 부비는 모습이었다. 하긴 주세페가 그것들에게 그의 피를 주었으니 그럴 만도 하다. 그가 그해의 공쿠르 상 수상작이 아니라 장 어쩌고저쩌고 하는 자가 쓴 별 볼일 없는 책에 그의 피와 살을 주었다는 사실은 전혀 중요하지 않았다. 어차피 자식이란 선택할 수 있는 성질의 것이 아니니까. 이가 빠진 것처럼 아직 텅 비어 있는 높은 쪽 선반들이 그에게 매일 그 자신의 일부가 아직 제자리를 찾지 못했음을 고통스럽게 상기시켰다. 걱정스러운 마음에 진득하게 기다리고만 있을 수 없던 주세페는 길랭의 팔을 붙잡고 물었다. "어떻게 됐어?" 길랭은 차마 그를 오래도록 애타게 할 수가 없어서 얼른 한 권을 그의 손에 쥐어주었다. 그 책을 이리저리 돌려본 주세페는 책을 불빛에도 비춰보고, ISBN 번호와 인쇄된 날짜, 종이의 일련 번호 등을 확인하더니 책장을 넘기며 대충 살피면서 손가락 끝으로 종이의 질감이며 무게감 등을 익히고, 냄새를 맡는가 하면 손바닥으로 책장을 조심스럽게 쓰다듬기도 했다. 그런 후

에야 비로소 그는 미소를 지으며 그 책을 가슴에 꼭 안았
다. 길랭은 고문이라도 당한 듯한 주세페의 얼굴에 마침내
환한 미소가 번지는 감동스러운 광경을 매번 경이로운 마
음으로 지켜보곤 했다. 프레시네 부인이 제공한 그 책을
얼마 남지 않은 허벅지 위에 올려놓은 주세페는 저녁 내내
담요를 덮어 책을 따뜻하게 데워주다가 잠을 잘 때에야 자
기 몸에서 떼어놓을 것이었다. 주세페는 선반에서 손에 잡
히는 대로 아무 책이나 집어들고서 하루 종일 그 책을 손
에서 내려놓지 않을 때도 가끔 있었다. 주세페가 종종걸음
으로 주방으로 향하자 길랭은 소파에 맥없이 주저앉았다.
길랭은 거품이 보글보글 올라오며 톡 쏘는 샴페인을 마시
지 않는 한, 주세페가 그를 놓아주지 않으리라는 것을 잘
알고 있었다. 매번 그에게 샴페인은 필요 없다고, 정 혼자
서 축배를 드는 것이 싫다면 반주용 포도주, 아니 맥주라
도 괜찮다고 누누이 설명해도 소용없었다. 노인은 이날을
기념하기 위해서 일부러 준비한, 제조연도가 선명하게 부
착된 작은 병과 잔을 가져왔다. 지난날에는 저급한 포도주,
마시면 뱃속을 뒤틀리게 만드는 이름 모를 싸구려 독주만
들이키던 노인이 이제는 무슨 수를 써서라도 최고급 명주

(銘酒), 엄청나게 비싼 술만 길랭에게 대접하려고 고집을 부리는 것이었다. 여전히 미소를 머금은 채 낮은 테이블 앞까지 휠체어를 몰고 간 주세페는 테이블 위에 잔과 멈 코르동 루주 작은 병을 내려놓았다. 샴페인의 첫 모금은 기분 좋게 길랭의 목구멍을 적신 뒤 식도를 타고 그의 뱃속 깊숙한 곳으로 내려갔다.

"자네, 점심엔 뭘 먹었나?" 뜻밖의 질문에 길랭은 허를 찔린 기분이었다. 아무것도 먹지 않았기 때문이다. 주세페는 길랭이 아침에 눈을 뜬 후로 뜨거운 차 한 잔과 시시한 시리얼 몇 숟가락 외에는 아무것도 입에 넣은 것이 없다는 것 정도는 짐작할 정도로 길랭을 잘 알았다. 노인의 추궁하는 듯한 작은 두 눈은 상대의 침묵 속에서 그 모든 것을 읽을 수 있을 만큼 현명했다. "내가 모둠 요리를 좀 준비해뒀지." 그의 이 짧은 문장에서 풍기는 단호한 어조는 초대를 받아들이는 것 외에는 다른 선택의 여지가 없음을 암시하고 있었다. 주세페가 모둠 요리를 준비했다고 할 때는 이탈리아의 모든 것이 뱃속으로 들어온다는 말로 새겨들어야 했다. 프로세코(prosecco, 이탈리아산 스파클링 포도주/옮긴이) 한 잔에 앙쇼이아드(anchoïade, 마늘과 올리브유, 앤초비로 만든 소스/옮긴이)를 곁들인 꽈배기 빵을 먹고 나서, 익히지 않은 햄을 얹은 스카토니(멜론의 일종/옮긴이) 한 접시에 라크리마 크리스티 로소(나폴리 지역에서 생산되는 포도주로, '라크리마 크리스티'는 글자 그대로 '그리스도의 눈물'을, '로소'는 분홍빛을 뜻한다/옮긴이)를 한 잔 곁들이는 식이었다. 주세페는 예수의 눈물을 마시면서 취하는 것이야말로 기독교인에게는 가장 아름다운 일이 아니겠느냐고 강조하기를 좋아했다. 길랭은 잠시나마 그의 입천장에 철썩 들러붙은 종이죽 맛을 잊어버리는 스스로에게 놀라곤 했다. 후식으로 먹은 겉을 바삭바삭하게 구운 아몬드 아마레티(아몬드 가루로 만든 과자/옮긴이)와 적당히 차가워진 리몬첼로(식후에 차게 해서 마시는 레몬주/옮긴이)는 그야말로 순수한 행복 그 자체였다. 두 사람은 이런저런 이야기를 두서없이 나누면서 세상을 새로 만들었다. 체르스토르라는 놈이 두 사람을 친밀하게 만들어주었다. 참호에서 함께 폭탄 세례를 피해가며 전쟁을 치른 병사들 사이에서나 가능한 친밀감이었다. 길랭이 주세페에게 작별인사를 하고서 그의 집을 나왔을 때는 이미 새벽 한 시가 거의 다 되었을 무렵이었다. 그사이 도시에 내려앉은 한밤의 한기 속에서 10분쯤을 걸었다

해도 취기가 완전히 가시기에는 역부족이었다. 술기운과 피로감에 취한 길랭은 구두를 벗고 루제 드 릴에게 잘 자라는 인사만 겨우 건네고는 옷을 입은 채 침대에 쓰러져버렸다.

12

  5시 30분에 알람을 맞춰놓은 휴대전화가 침대 머리맡
협탁 위에서 온몸을 떨었다. 잔잔하게 굽이치는 수면 아래
에서 루제 드 릴은 툭 튀어나온 두 눈으로 그를 물끄러미
바라보았다. 월요일. 그는 일요일이 어떻게 지나갔는지 거
의 기억이 없었다. 너무 늦게 일어났고, 너무 일찍 잠자리
에 들었다. 없는 것투성이 하루. 욕망도 없고, 식욕도 없으
며, 갈증도 없고, 심지어 아무런 기억도 없는 하루. 루제
드 릴과 그는 하루 종일 빙글빙글 맴만 돌았다. 금붕어는
어항 속에서, 그는 원룸 속에서. 어쩌면 이미 그가 그토록
싫어하는 월요일을 기다리고 있었던 것일까. 길랭은 어항
속에 사료가루를 조금 뿌려주고는 사나운 기세로 그릇에
담긴 시리얼을 벌컥 들이켰다. 양치질 전후로 차를 한 모

금씩 마시는 둥 마는 둥 하고는 서둘러 옷을 입고 가죽 가
방을 집어든 다음 건물 제일 아래까지 세 개 층을 성큼성
큼 뛰어내려갔다. 차가운 바깥 공기가 몸에 닿자, 그는 비
로소 완전히 잠에서 깨어났다.

　역으로 가는 대로를 따라 걸어가면서 길랭은 가로등의
수를 세었다. 그가 보기에는 뭔가를 끊임없이 세는 것이
나머지 것들을 생각하지 않을 수 있는 가장 좋은 방법이었
다. 때문에 그는 모든 것을, 아무것이나 다 세었다. 어떤
날에는 하수도 맨홀을, 어떤 날에는 주차되어 있는 자동차
나 쓰레기통 혹은 건물의 출입문을 세는 식이었다. 덕분에
대로변에 관해서라면 그는 속속들이 꿰고 있었다. 가끔 심
지어 자신의 발걸음을 세기도 했다. 아무 짝에도 쓸모없는
셈에 몰입함으로써 그는 다른 숫자들, 도착하는 책의 양이
유난히 많은 날이면 코왈스키 영감탱이가 공중에 매달린
집무실에서 쉴 새 없이 꽥꽥거리는 그 숫자들을 생각하지
않을 수 있었다. 154번지에 도착하자 매일 같은 시각이면
늘 그랬듯이 슬리퍼를 신은 채 잠옷 위에 트렌치코트를 걸
친 노인이 기르는 개에게 오줌을 누게 하려고 애를 쓰고

있었다. 빈혈기가 있어 보이는 데다 털도 축 늘어진 작은 개였다. 늘 그랬듯이 노인은 애지중지하는 보물 덩어리인 발튀스라는 이름의 강아지 녀석에게서 눈길을 떼지 않은 채, 인도 한가운데에서 목숨을 부지하느라 고군분투하는 플라타너스 몸통에 대고 제발 오줌통을 다 비우라고 녀석을 설득하는 중이었다. 길랭은 슬리퍼-잠옷-트렌치코트 차림의 노인에게 항상 깍듯하게 인사를 건넸으며, 오줌통을 비우기 위해서 동네를 순례 중인 발튀스를 우정 어린 손길로 쓰다듬었다. 가로등 18개를 더 세자, 그는 마침내 역에 도착했다.

언제나처럼 반수면 상태로 백색 선 위에 서 있던 길랭은 누군가가 자기 옷소매를 잡아끄는 것을 느꼈다. 몸을 돌리자 소리도 없이 그의 등 뒤에 와서 서 있는 여인들이 눈에 들어왔다. 체구가 작은 두 할머니가 문자 그대로 잡아먹을 듯 그를 뚫어지게 바라보고 있었다. 할머니들의 구불구불한 머리카락에서는 주세페가 타고 다니는 버터플라이 750과 같은 빛깔의 광채가 났다. 은은하게 제비꽃 빛깔이 감도는 은발이 길랭에게는 전혀 낯설지 않았다. 벌써 여러 번 열차 안에서 그 할머니들과 마주쳤던 것 같았다. 조금 더 뒤쪽에 서 있던 할머니가 팔꿈치로 다른 할머니를 쿡쿡 찔렀다. "자, 어서, 모니크, 네가 말해." 하지만 모니크는 입을 떼지 않았다. 어쩔 줄 모르겠다는 듯, 그저 애꿎은 양손만 만지작거리면서 헛기침을 하는 짬짬이 "물론 그래야지", "알았어", "제발 그만 좀 해, 조제트, 자꾸 이러면 난 그냥 가버릴 거야" 같은 말만 연발했다. 길랭은 보다 못해 모니크를 안심시키고 싶은 마음이 들 지경이었다. 괜찮습니다, 다 잘될 겁니다. 처음 운을 떼기가 어렵지, 일단 시작하고 나면 대개 저절로 다 되더라고요. 그러니 겁먹을 필요는 없습니다. 그렇지만 이 할머니들이 그에게 분명 뭔가 이야기를 하고 싶어한다는 사실을 제외하고는 무슨 말을 하려는지 도무지 짐작을 할 수 없다는 점 때문에 그는 그렇게 말하지 못했다. 구명 튜브에 매달리듯 있는 힘을 다해 핸드백을 꽉 쥐고 서 있던 모니크가 마침내 물속으로 뛰어들었다. "그래요, 우리는 당신에게 이 말을 하고 싶었어요. 당신이 하는 일을 좋아한다고요."

"제가 무슨 일을 하는데요?" 영문을 알 수 없는 길랭이 되물었다.

"그러니까, 그게 말이죠, 당신이 아침마다 전철 안에서 글을 읽어주고, 뭐 그런 거 있잖아요. 우리는 그게 좋아요. 그래요, 우리한텐 그게 정말 좋다니까요."

"그렇게 말씀해주시니 감사합니다만, 사실 별 거 아닙니다. 그저 아무거나 몇 쪽 읽는 건데요, 뭐."

"그래요, 바로 그거예요. 조제트와 난 당신이 괜찮다면 한 가지 부탁을 할까 해요. 오! 물론 당신이 거절한다고 해도 얼마든지 이해해요. 하지만 당신이 수락해준다면 우리에겐 너무나 큰 기쁨이죠. 정말로 무척이나 기쁠 거예요. 게다가 당신 시간을 그리 오래 빼앗지도 않을 거예요. 당신이 원하는 시간, 당신이 편한 시간으로 정하면 되거든요. 우린 이 일 때문에 당신을 번거롭게 하고 싶은 마음은 전혀 없어요."

길랭은 이제 모니크라는 할머니가 두 손만 만지작거리던 방금 전이 그리울 지경이었다. "죄송합니다만, '우리에겐 기쁨'이라는 말이 정확하게 무슨 의미죠?"

"그래요, 그러니까 말이죠. 우리는 당신이 가끔 집에 와서 글을 읽어주면 좋겠어요."

모니크가 거의 한숨을 내쉬면서 문장을 끝냈으므로, 마

지막 단어는 거의 들리지도 않았다. 길랭은 오직 자기들 두 사람만을 위해서 그의 방문을 요청하는 이 80대 할머니 팬들을 어처구니없는 표정으로 바라보지 않을 수 없었다. 이 당돌한 요청에 혼란스러워진 그가 대답을 하려고 우물쭈물 입을 열었다. "그러니까……."

"그런데, 이건 아셔야 해요. 목요일은 곤란해요. 라미(카드놀이의 일종/옮긴이)가 있거든요. 하지만 다른 날은 괜찮아요. 물론 일요일은 빼고요. 가족들이 있으니까요."

"저어, 잠시만요. 저는 그저 낱장으로 된 글 나부랭이, 아무 연관도 없는 글들을 읽을 뿐입니다. 제대로 된 책을 읽는 게 아니라고요."

"아! 그렇죠, 우리도 알아요. 그래도 상관없어요. 오히려 그 반대죠. 그 편이 더 나은 걸요! 덜 단조롭고, 그리고 최소한 말이죠, 그 글이 영 재미가 없더라도 한 장 정도만 꾹 참고 들으면 되잖아요. 조제트와 내가 매주 월요일과 목요일 아침마다 전철에서 당신이 읽어주는 글을 들은 지 1년이 다 되어가요. 우리한테는 좀 이른 시간이긴 하지만, 그래도 괜찮아요. 덕분에 억지로라도 외출을 하게 되니까요. 게다가 마침 장이 서는 날이기도 하니 일석이조죠."

자그마한 체구에 각자 베이지색 외투를 입고 자신의 입만 바라보고 있는 두 할머니에게 길랭은 커다란 감동을 받았다. 그는 갑자기 두 할머니의 정신 나간 제안을 덥석 받아들이고 싶은 욕망, 그가 수집한 살아 있는 살갗들을 그가 매일 아침 이용하는 이 음울한 열차가 아닌 다른 곳으로 데려가고 싶은 충동에 휩싸였다. "그런데 사시는 곳이 어디죠?" 그의 질문이 할머니들의 귀에는 단호하고 결정적인 수락으로 들렸다. 너무 좋은 나머지, 두 할머니는 선 자리에서 깡충거리며 서로를 축하했다. 모니크라고 불린 할머니가 길랭의 손에 명함을 쥐어주는 동안 다른 할머니는 그녀의 귓가에 대고 이렇게 말했다. "내가 그랬잖아, 친절한 사람이라고." 파스텔 색조의 꽃들이 화단처럼 가장자리를 두른 브리스톨 종이 명함에는 이름과 주소가 인쇄되어 있었다. 모니크와 조제트 들라코트/뷔트 가 7번지 비스/93220 갸니. 한 줄은 볼펜으로 깨끗하게 지워져 있었다. 길랭은 모니크와 조제트가 자매일 것이라고 추측했다. 뷔트 가라면 언덕 위의 막다른 길이었다. 그의 집에서 30분 정도 걸어가야 하는 곳이었다. "우리끼리는 벌써 이야기를 끝냈는데, 혹시 당신이 와주겠다면, 왕복 택시 비용

은 우리가 부담할게요. 그 편이 당신한테는 훨씬 더 편하
고 덜 피곤할 테니까요."

길랭은 두 할머니, 그러니까 들라코트 자매가 꽤 오래
전부터 계획을 세운 다음 오늘에야 비로소 그 계획을 털어
놓으려나 보다라고 지레 짐작했다. "저, 제가 한 번 정도는
시험 삼아 해보겠지만, 그렇다고 그걸 장기적인 약속이라
고는 생각하지 말아주시기 바랍니다. 이 한 가지는 분명히
해두죠. 한 번은 시험 삼아 해보겠습니다. 그렇지만 언제
라도 제가 원하면 그만두겠습니다."

"아, 그런 거라면 조제트와 나는 확실하게 잘 알아들었
어요. 안 그래, 조제트? 그럼, 언제 오실 수 있나요?" 지금
그는 어떤 수렁 속에 발을 집어넣고 있는 것일까? 주중
저녁에 길랭은 너무 고단해서 아무것도 할 수 없는 상태였
다. "저는 토요일만 가능합니다. 토요일 늦은 아침이 좋겠
군요."

"토요일은 좋아요. 그런데 10시 30분쯤이어야 할 것 같
군요. 11시 30분에는 식사를 해야 하거든요."

세 사람이 돌아오는 토요일 10시 30분에 만나기로 합의
를 보았을 때 열차가 역으로 들어왔다. 여느 때처럼 보조

의자에 앉은 길랭은 그의 한마디 한마디를 좀더 잘 빨아들이기 위해서 그에게서 가장 가까운 좌석에 자리를 잡고 앉은 들라코트 자매의 환희에 찬 시선 아래에서 그날의 첫번째 살아 있는 살갗, 옛날식 채소 수프 요리법을 읽어내려갔다.

13

월요일부터 금요일까지 길랭은 일 때문에 녹초가 되었다. 파리에서 해마다 열리는 도서전인 살롱 뒤 리브르 기간이 다가옴에 따라 그의 공장을 찾는 트럭들의 물결은 눈에 띄게 거세졌다. 여름 휴가가 끝난 9월이면 시작되는 문학작품 출간 러시와 각종 문학상으로 풍성한 계절은 한참 전에 끝났으니, 이제 팔리지 않은 책들은 판매대에서 끌어내려 여유 공간을 확보해야 했다. 말하자면 새로 출간된 책들이 오래 전에 출간된 책들을 밀어내는 것으로, 여기에는 무시무시한 칼날이 달린 불도저의 도움이 요긴했다. 아침부터 저녁까지 공장에서는 바닥에 끝도 없이 쌓여가는 망할 놈의 책 더미들을 밀고 또 밀어야 했다. 종이 반죽을 담는 통은 20분에 하나의 속도로 가득 채워졌다. 통을 교체하기 위해서 잠시 체르스토르의 시동을 끌 여유조차 없었다. "그러면 시간 낭비가 너무 많아." 코왈스키가 주초에 억지를 썼다. "그렇게 하면 속도가 너무 늦어진다고. 그런 멍청한 짓 때문에 짐을 부리려는 트럭들을 다 놓치게 된단 말이야." 그 덕분에 공장 사람들은 통을 바꿀 때마다 질척거리는 진창에서 허우적거리며 놈이 면전에 뿜어대는 메스꺼운 방귀 냄새를 군소리 없이 참아야 했다. 마침내 근무 종료를 알리는 종이 울리고 난 후에도 길랭은 공중에 매달린 집무실에서 그들에게 그날 처리한 종이의 톤수를 외쳐대는 코왈스키의 발악을 감내해야 했다. 뚱뚱이에게는 오직 생산량 그래프, 가로 좌표에는 양을, 세로 좌표에는 유로를 표시한 그 평범하기 그지없는 빨간 선, 마치 찢어진 상처처럼 그의 책상에 놓인 19인치짜리 컴퓨터 모니터를 가르는 핏빛 곡선만이 중요했다.

일주일 동안 누적된 모든 피로감을 내려놓을 수 있는 안식처처럼 주말이 찾아왔다. 모니크와 조제트 들라코트 자매가 그를 기다렸다. 15분 전에 부른 택시가 대로로 들어서는가 싶더니 어느새 그의 발 앞에 멈춰 섰다. 차에 올라

탄 길랭이 목적지를 알려주자, 기사는 토요일 아침의 만만치 않은 차량의 물결 한가운데로 비집고 들어섰다. 10분이 채 되지 않아 택시는 자그마한 자갈들이 깔린 널찍한 길로 접어들었다. 문을 들어설 때 길랭은 번쩍거리는 명패에 한 줄로 늘어선 황금색 글자들을 읽었다. "레지던스 레 글리신." 그 순간 들라코트 자매가 내민 명함에서 볼펜으로 깨끗하게 지워져 있던 글자들이 떠올랐다. 공원 한가운데 자리를 잡은 육중한 건물을 보자, 길랭은 놀란 나머지 딸국질을 하기 시작했다. 초대의 말이 나오고부터 줄곧 그는 도시 주변 교외에서 흔히 볼 수 있는 자그마한 단독주택을 예상했다. 택시가 목적지까지 남은 몇 미터를 주행하는 동안 그는 들라코트 자매가 했던 말들을 기억해냈다. "11시 30분에는 식사를 해야 하거든요." "목요일은 곤란해요. 라미가 있거든요." "물론 일요일은 빼고요. 가족들이 있으니까요." 이 수상쩍은 말들은 창가에서 부산스럽게 움직이는 수많은 실루엣을 보자 산산조각 나서 흩어져버렸다. 그는 그 순간 할머니들이 말끝마다 강조한 "우리"라는 말이 두 자매에게만 국한된 것이 아니었음을 깨달았다. 자갈밭을 빠드득거리며 되돌아나가는 택시 타이어 소리가 그의 등

뒤로 멀어져가는 동안 그는 주춤거리는 발걸음으로 레지
던스를 향해 걸어갔다. 모니크와 그림자처럼 그녀의 뒤를
따르는 조제트가 뒤뚱거리며 그를 맞으러 나왔다. 두 할머
니는 처음으로 무도회에 나가는 아가씨들처럼 곱게 화장
을 한 상태였다. "혹시라도 당신이 마지막 순간에 마음을
바꿔서 안 오면 어쩌나 조마조마했어요. 아는지 모르겠지
만, 모두들 당신을 보고 싶어하거든요."

길랭은 숨이 막힐 것 같은 불안감을 애써 꿀꺽 삼켰다.
이 "모두들"이란 도대체 몇 명이나 될까? 다소 공포스러
운 마음으로 그는 줄지어 늘어선 보랏빛이 도는 은발들의
행렬을 상상했다. 불과 몇 초 동안이었지만 그는 따뜻한
이불 속에서 루제 드 릴이 빠끔빠끔 거품을 올려보내는 광
경이나 지켜보지 않고 집을 나선 것을 후회했다.

"이리 오세요, 당신을 소개해야죠. 그런데 소개라는 말
이 나왔으니 말인데, 우린 아직 당신 이름도 몰라요."

"길랭입니다, 길랭 비뇰."

"아, 길랭, 참 예쁜 이름이로군요. 아주 예뻐요. 안 그래,
조제트, 예쁘잖아."

길랭은 그가 제라르나 아니세, 아니 우신이라고 말했어도 조제트가 잡아먹을 듯 뚫어지게 그를 바라보는 방식은 전혀 달라지지 않았을 것이라고 생각했다. 그는 그의 양쪽 옆에 붙어선 두 자매의 안내를 받으며 레지던스 안으로 들어갔다. 커다란 홀 안에서 대여섯 명쯤 되는 노인들이 축 늘어진 채 장의자에 앉아 졸고 있었다. 지은 지 얼마 되지 않은 새 건물 같았다. 그곳에 처음 발을 들여놓은 길랭의 머릿속에는 몰개성적인, 기능적인, 무미건조한, 이렇게 세 단어가 떠올랐다. 여기에서는 마치 지하 납골당에서처럼 지팡이 소리가 울릴·것 같아. 그런 생각을 하며, 길랭은 약간의 전율을 느꼈다. 아무 냄새도 안 나잖아, 심지어 죽음의 냄새조차 없어.

"이쪽이에요." 모니크가 그를 식당 쪽으로 잡아끌며 속삭였다. "물론 큰 소리로 말씀하셔야 해요." 식당 안은 만원이었다. 너나 할 거 없이 하나같이 나이 든 스무 명 남짓한 할머니, 할아버지들이 문 안으로 들어서는 그를 머리끝부터 발끝까지 살폈다. 그들 중에 직원들은 금세 눈에 띄었는데, 젊음 때문이기도 했지만 그들이 입은 분홍색 제복 탓이기도 했다. 이 모임을 위해서 테이블들을 벽에 바짝 붙여 공간을 마련해놓은 것이 눈에 들어왔다. 방 한가운데 놓인 안락의자를 불안한 눈으로 바라보는 길랭에게 의자의 손잡이가 얼른 오라고 부르는 것 같았다.

14

"여러분들에게 오늘 우리를 위해서 약간의 낭독을 해주실 길랭 지뇰 씨를 소개합니다. 따뜻하게 환영해주시기 바랍니다."

길랭은 자기 이름을 틀리게 소개한 모니크에게 너그러운 미소로 감사를 표한 다음, 고개를 약간 숙여 모인 사람들에게 인사를 대신했다. 눈꺼풀을 깜박이는 통에 연신 펄이 들어간 연어빛 분가루를 날리던 2번 들라코트 양이 턱으로 그에게 안락의자에 가서 앉으라고 신호했다. 길랭은 마치 로봇인형처럼 방을 가로질렀다. 최대한 자연스럽게 행동하려고 했지만, 이리 비틀 저리 비틀거리며 내내 부딪치기만 할 정도로 그의 긴장감은 엄청났다. 방 안은 피자 굽는 오븐만큼이나 열기가 그득했다. 물론 냄새는 빼고.

길랭은 벨벳 천으로 마무리한 루이 뭐라고 하는 양식의 안락의자에 앉아 가죽 가방에서 낱장 뭉치를 꺼냈다. 그런 다음, 이미 백내장이 끼었거나 조만간 낄 것 같은 모든 눈들이 그에게로 향하자, 황급히 첫 번째 살아 있는 살갗을 읽기 시작했다.

"일자는 파리를 바라보았다. 암캐는 남자의 커다랗게 열린 입속을 자유자재로 들락거리는 그 파리 녀석을 홀린 듯 뚫어져라 응시했다. 늘 똑같은 짓의 반복이었다. 파리는 파리들만 아는 아주 독특하고, 또 독특하기 때문에 일자 같은 개들의 신경을 곤두서게 만드는 비행 방식으로 한 순간 공중으로 솟아올랐다가, 마치 보이지 않는 육면체에 갇히기라도 한 것처럼 직각으로 비스듬히 돌아 이내 출발점으로 돌아오는 것이었다. 살이 통통하게 오르고, 푸른빛이 감도는 복부는 죽은 고깃덩어리 위에 착상되기만을 기다리는 수백 개의 알 때문에 금방이라도 터질 듯이 볼록 튀어나온 먹음직한 파리였다. 암캐 일자는 이제껏 파리가 얼마나 흥미로울 수 있는 존재인지 전혀 알아차리지 못했다. 대체로 일자는 파리란 그저 붕붕 소리를 내며 공기를 가르는 작고 검은 성가신 놈들일 뿐이라는 생각에 머리를 흔들어 녀석들을 쫓아내면 그것으로 만족하곤 했다. 아무 것도 없는 허공에 대고 괜히 주둥이만 열었다 닫았다 하기 일쑤였다. 겨울이 오면 녀석들은 유리창 틀에 말라비틀어진 미라들만 남기고는 마술에라도 걸린 것처럼 사라져버렸다. 때문에 겨울이면 일자는 다음 여름이 올 때까지 파리를 잊고 살았다.

파리라고 하는 곤충은 남자의 윗입술에 내려앉아 보초를 서는 병사처럼 이리저리 왔다 갔다 하더니 보랏빛으로 변한 그의 혓바닥 위로 옮겨갔다. 일자의 시야에서 완전히 자취를 감춘 파리는 차갑게 식은 살 한가운데에 알들을 내려놓기 위해서 어둡고 축축한 심연 속을 파고들었다. 가끔씩 파리는 시체에서 멀리 떨어져서는 테이블 위에 놓인 잼 병에 올라앉았다. 암캐는 까치밥나무 열매 잼의 투명한 표면 위에 착 달라붙은 녀석의 작은 흡관을 볼 수 있었다. 대기 중에는 여전히 묵직하면서도 달착지근한 카페오레의 향이 떠다니고 있었다. 카페오레가 담겨 있던 그릇이 폭발이라도 하듯 산산조각 나면서 별 모양의 자그마하고 예쁜 액체 웅덩이가 만들어져서……."

세 번째 열에 앉아 머리를 뒤로 젖히고 입을 크게 벌린 채 파리가 찾아와주기를 기다리는 듯한 할머니가 나즈막하게 가릉거리며 코를 고는 소리가 그의 귓전에 와닿았다. 나머지 청중들은 가히 종교적이라 할 만한 침묵 속에서 꼼짝도 않고 이야기가 이어지기를 기다렸다. 오른쪽 엄지손가락을 천장을 향해 치켜올린 모니크의 얼굴은 행복감으로 빛났다. 그가 뒷장을 읽기 위해서 종이를 뒤집으려고 하는 순간 할머니 한 명이 떨리는 목소리로 질문을 했다. "그런데, 선생님, 그 남자가 왜 죽었는지는 혹시 아세요?" 한 사람이 보인 이 최초의 반응은 마치 공식적인 초대장처럼 청중들을 본격적인 질문 공세로 이끌었다. 사방에서 질문과 추측이 비오듯 쏟아졌다. "발작일 거야, 틀림없이 발작이라니까."

"발작이라니, 무슨 발작? 아니, 그런데 왜 꼭 발작이어야 한다는 거야? 어디, 설명 좀 해보라고, 앙드레." 웬 할머니가 언짢은 표정으로 따졌다.

길랭은 솜을 넣은 하늘색 실내복으로 몸을 꽁꽁 감싼 앙드레가 이 갑작스러운 소동과 관련하여 뭘 했는지, 아니 뭘 하지 않았는지 알 길이 없었으나, 어찌되었건 할머니의 반박에서는 따귀라도 한 대 때릴 듯한 매서움이 느껴졌다.

"그거야, 난들 알겠어. 동맥류 파열이나 심근경색 같은 거겠지. 여하튼 그런 게 다 발작이니." 노인이 얼버무렸다.

"흐음, 좋아. 그렇다면 여자는, 그러니까 남자의 부인 말이오. 그 여자는 왜 도움을 요청하지 않았을까?" 다른 할아버지가 물었다.

"여자라니? 그건 부인이 아니라, 남자가 기르던 개가 아니오? 이름이 리자라잖아." 이번에는 챙 달린 운동모자를 쓴 또다른 할아버지가 나섰다.

"그건 개한테 어울리는 이름이 아니야. 리자가 뭐야."

"그게 뭐 어쨌는데요! 제르맨을 봐요. 제르맨은 자기가 기르던 카나리아를 로제라고 불렀잖아요? 죽은 남편처럼." 문제의 제르맨은 무안한지 의자에서 몸을 비비 꼬았다.

"난 이제껏 리자가 파리라고 생각했는데." 온통 검게 차려입은 미라 같은 할머니가 중얼거렸다.

"자, 제발, 조용히 좀 해주세요. 지날 씨가 다음 이야기를 계속해서 읽으시도록 하는 게 어떨까요. 그러면 분명 좀더 자세하게 알 수 있을 테니까요." 모니크가 권위 있게 상황을 정리했다.

정말이지, 1번 들라코트 양은 내 이름의 음절 하나하나를 죄다 틀리게 부르는 기막힌 재주를 가졌군. 길랭은 생각했다. 장내가 잠시 조용해진 틈을 타서 그는 얼른 모니크가 열어준 침묵 속으로 비집고 들어가 낭송을 계속했다.

　"의자 다리와 남자의 양말을 적셨다. 바닥에서 올라오는 이 액체의 향 뒤에는 일자가 느끼기에는 훨씬 더 끈질긴 또다른 냄새가 있었다. 그것은 쿡쿡 쑤셔대는 듯한 피 냄새였다. 그 냄새는 꽉 막힌 작은 공간의 포로가 되어버린 일자가 호흡하는 공기 분자 하나하나에 깊숙이 닻을 내리고서 온 사방에 퍼져 있었다. 일자는 그 냄새를 피할 수 없었다. 그 냄새 때문에 미칠 것만 같았다. 붉은 웅덩이는 포마이카 테이블 위에서 빠르게 번져나갔다. 처음에는 잼병에 가닿는가 싶더니 이윽고 테이블 가장자리에 이르러서는 곧 바닥으로 방울져 떨어졌다. 총알이 뚫고 들어간 남자의 관자놀이의 작은 구멍 하나에서 마치 빨간 용암처럼 몇 리터의……."

　"아, 이제 알겠죠, 앙드레? 발작이 아니잖아요."

"쉬잇!"

"피가 쏟아져나왔다. 총성이 울렸을 때 일자는 쏜살같
이 몸을 움츠렸다. 가슴이 제멋대로 쿵쾅거렸다. 일자는
마룻바닥에 떨어진 무기의 연기 나는 아가리에서 시선을
떼지 못했다. 남자는 머리를 일자 쪽으로 향하고 두 눈은
커다랗게 뜬 채 모래 주머니마냥 테이블 위로 거꾸러졌다.
사흘 전부터 그의 눈꺼풀은 전혀 깜박이지 않았다. 다시
한번 일자는 좁은 계단을 올라가 출입문 앞에 섰다. 절망
의 온 힘을 다해 앞발로 그 문을 긁어보았지만 니스 칠만
벗겨졌을 뿐, 아무런 일도 일어나지 않았다. 일자는 열쇠
구멍으로 들어오는 뜨뜻미지근한 공기를 게걸스럽게 들
이마셨다. 습기를 잔뜩 머금은, 아무 맛도 없으면서 동시
에 짠맛이 나는 공기였다."

첫 번째 낱장이 끝났다. 보통, 아침에 열차 안에서 읽을
때 같으면 길랭은 곧장 다음 장을 낭독했을 테지만, 이곳
에서는 노인들의 불타는 듯한 시선 탓이었는지 장내에 내
리깔린 깊은 침묵 탓이었는지, 그는 잠시 동작을 멈추고

고개를 들었다. 모두가 예외 없이 그를 응시하고 있었다. 고개를 뒤로 젖히고 코를 골던 할머니까지도 잠에서 깨어나 그들과 함께였다. 길랭은 너무도 많은 의문, 너무도 많은 수수께끼가 미해결 상태로 남아 있으므로 이를 해결하거나, 해결까지는 아니더라도 적어도 제한적인 범위 안에서 이야기를 나눠야 할 필요가 있다는 느낌을 받았다.

 "보다시피, 발작이 아니었군요." 앙드레의 코를 납작하게 해주게 된 것을 몹시 기쁘게 생각하는 것처럼 보이는 언짢은 표정의 여자가 잘라 말했다. 그 여자의 왼쪽에 있던 여자가 손가락을 들어올렸다. 모니크가 간단한 고갯짓으로 그 할머니에게 발언권을 주었다.

 "혹시 자살인가요?"

 "그게 말이죠, 아닌 게 아니라 그럴 가능성이 아주 높아 보이는군요." 길랭은 타협하는 듯한 투로 그렇게 대답하는 자신을 보고 스스로도 몹시 놀랐다.

 "분명 그 남자는 45구경 권총으로 그짓을 했어요." 키가 작고 뚱뚱한 영감이 쉰 목소리로 자신 있게 말했다.

 "아니, 내 생각에는 22구경일 것 같군. 아주 작은 구멍이라고 했으니까." 다른 할아버지가 반박했다.

"소총이어서 안 될 까닭도 없을 것 같은데." 이번에는 휠체어에 웅크리고 앉은 할머니가 중얼거렸다.

"이봐요, 라미에 부인. 소총으로 어떻게 관자놀이를 쏜단 말입니까?"

"누군가가 살인을 한 걸 수도 있지. 물론 난 그렇게 생각하지 않지만." 작은 체구의 영감이 의심스럽다는 표정을 지으며 말을 받았다.

"그런데 도대체 무대는 어디인 거요?" 앙드레라고 불린 노인이 화제를 바꾸었다.

"그래요, 어디에서 벌어지는 일일까요? 그리고 왜 그런 행동을 했을까요, 그 남자는?" 한 할머니가 걱정스러운 투로 의문을 제기했다.

"난 말이지, 숲 한가운데 있는 농장 같은 곳이 아닐까 싶어요."

"도시의 아파트는 왜 안 되는 거죠? 그것도 불가능하지 않을 것 같은데. 해마다 죽은 지 여러 날이 지난 시신들이 발견되잖아요. 어떤 때는 몇 주씩이나 지나기도 하고요. 분명 이웃들이 있었는데도 말이죠."

"내 생각에는 배에서 일어난 일일 것 같소. 범선이나 소형 요트 같은 거 말이오. 개를 데리고 먼 바다로 나갔다가 머리에 총을 쏜 거지. 저분이 그렇게 말했잖소. 습기를 잔뜩 머금은, 아무 맛도 없으면서 동시에 짠맛이 나는 공기라고."

일이 굴러가는 모양새에 당황한 모니크는 길랭에게 다가와 그가 따라야 할 방침을 속삭였다. "비날 씨, 낭송을 계속하는 게 좋을 것 같아요. 두 번째 장을 읽으세요. 시간만 자꾸 가고 있잖아요."

"옳으신 말씀입니다, 모네트……."

"어머, 난 모니크예요." 모니크의 버릇은 전염성이 강한 모양이라고 길랭은 생각했다. "죄송합니다, 모니크."

그들이 의문을 품는 것은 정당하지만, 그럼에도 우리는 앞으로 나아가야 한다고, 남자의 시신과 파리와 암캐를 바다가 되었건, 숲속이 되었건, 그것도 아니라면 파리 18구 지역이 되었건, 하여간 그들이 있는 자리에서 방황을 계속하게 내버려두어야 한다고 말하게 되어 유감이라고 길랭은 운을 뗐다. 첫 번째 줄에 앉아서 벌써 5분 넘게 안절부절못하며 엉덩이를 들썩이던 할머니가 손을 번쩍 들었다.

"네, 지젤?" 모니크가 무슨 일이냐고 물었다.

"저어, 화장실에 좀 다녀와도 될까요?"

"물론이죠, 지젤."

길랭은 여남은 명쯤 되는 할머니들이 우르르 일어나 의자 끄는 소리, 지팡이가 바닥에 닿는 소리를 남기며 움직이는 광경을 지켜보았다. 할머니들은 뒤뚱거리거나 휠체어를 굴리거나 절뚝거리며 화장실로 향했다. 모니크가 그에게 시계바늘이 돌아간다고, 그러니 두 번째 장을 읽는 것이 좋겠다는 신호를 보냈다. 그는 발밑에 놓아둔 살아 있는 살갗들 더미에서 손에 잡히는 대로 아무것이나 한 장을 집어들었다.

"거의 10분 전부터 이본 팽샤르의 목소리가 사제의 귓전으로 물밀듯 밀려왔다. 뒤쇼수아 신부 앞쪽에 놓인 빗살 덧문은 속삭이듯 고해실로 밀고 들어오는 음절들의 사나운 물거품을 거르느라 쩔쩔 매는 형국이었다. 여자의 투덜대는 듯한 말투에 후회의 감정 따위는 보기 좋게 쓸려가버렸다. 가끔 사제는 들릴 듯 말 듯 하게 네, 네 하며 여자가 이야기를 계속하도록 유도했다. 사제 서품을 받은 지 수십 년이 흐른 지금, 그는 신도들이 멈추지 않고 계속 말을 하

도록 이끄는 데에 누구보다도 뛰어난 재능을 보였다. 잉걸
불 위에 살살 입김을 불어서 잘못을 되살려내야 속죄가 시
작될 수 있으니까. 공연히 도중에 섣부르게 용서 비슷한
것을 언급하지 말 것. 그렇게 하지 말고 그들을 끝까지 가
도록 함으로써 마침내 그들 스스로가 후회의 무게에 못 이
겨 무너지도록 할 것. 빠른 속도로 고해를 시작했음에도
이본 팽샤르는 5분 정도 더 계속하고 나서야 완전히 그녀
의 영혼으로부터 모든 오물을 비웠다. 칸막이 벽 너머에
기댄 사제가 벌써 몇 번째 양손으로 하품 나오는 입을 틀
어막는 사이, 그의 위는 꼬르륵거리며 맹렬하게 시위를 하
기 시작했다. 신부는 배가 고팠다. 신부가 되고 처음 몇
년 동안의 경험을 통해서 그는 고해가 있는 날 저녁이면
가볍게 저녁을 먹는 습관을 들였다. 샐러드와 계절 과일
하나 정도로 저녁 식사를 대신하기 일쑤였다. 쓸데없이 많
이 먹어서 몸을 무겁게 하기보다는 나머지 것들을 위해서
자리를 남겨두어야 한다는 생각이었다. 죄의 무게란 정신
이 만들어낸 추상적인 것이 아니었다. 암, 절대 아니다. 꼬
박 두 시간 동안 고해성사를 듣고 나면 만찬 회식만큼이나
확실하게 속이 그득하게 채워지고 몸이 탱탱 부어올랐다.

개수대 아래쪽에 박힌 S자 파이프. 바로 그랬다. 그는 신과 함께 그 좁은 고해실에 갇혀 있을 때면 하수구 파이프가 되었다. 더도 덜도 아닌, 금속으로 만들어진 바닥에 대지의 모든 오물을 모아 가두는 바로 그 굵은 파이프들 가운데 하나였다. 사람들은 무릎을 꿇고서, 진흙 묻은 신발을 수돗물 줄기 아래에 가지런히 내려놓는 것과 마찬가지로, 그의 코밑에 자신들의 더러워진 영혼을 내려놓는 것이었다. 죄를 사면해주면 그것으로 끝이었다. 돌아서는 그들의 발걸음은 순수한 자들의 발걸음처럼 가벼웠다. 그러면 신부는 그의 귓속으로 들어온 모든 비천한 짓거리들 때문에 토할 듯이 아픈 머리를 싸맨 채 터덜거리는 발걸음으로 성당을 나서곤 했다. 그런데 이제는 세월이 약이런가, 신부는 별 다른 기쁨 없이, 물론 특별히 슬픈 감정도 없이, 그저 고해실이라는 장소가 필연적으로 풍기게 마련인 나른하고 온화한 분위기 속에 빠져들기만 하면 되었다."

내친 김에 그는, 잠시라도 머뭇거리는 기미를 보이면 분명 정신없이 쏟아질 질문 사태를 미연에 방지하는 뜻에서, 세 번째 장을 집어들었다. 이중문 위에 걸린 시계는 벌써 11시 15분을 가리키고 있었다.

"여자 히치하이커는 자기 이름이 지나라고 그에게 말했다. 존은 큼지막한 선글라스 뒤에 감춰진 젊은 여자의 눈길을 자신에게로 끌어보려 했지만 헛수고였다. 자동차에 올라탄……"

"바뇰 씨, 내가 보기에 리뇽 부인이 뭔가 당신한테 할 말이 있는 것 같아요." 모니크가 난데없이 끼어들었다.
   거명된 할머니는 큰 키에 비쩍 마른 체구의 소유자로 모니크 옆에 꼿꼿하게 앉아 있었다. 자코메티(스위스 출신 조각가 겸 화가로, 가늘고 긴 인물상으로 유명하다/옮긴이)의 살아 있는 조각작품 같군. 길랭은 생각했다.
   "아, 그러시군요. 말씀해보세요."
   "자, 말해요, 위게트." 1번 들라코트 양이 옆에 앉은 할머니를 부추겼다.
   "저 말이죠, 저는 거의 40년 동안 초등학교 교사로 일했고, 소리내어 읽기 연습을 아주 좋아했지요. 저도 한 장쯤만 낭독하게 해주시면 너무 기쁘겠어요."

"그렇게 해주신다면 저도 기쁘겠습니다. 위게트라고 하셨죠? 자, 어서 여기 앉으셔서 읽으세요, 위게트."

그녀의 손 역할을 해주는 두 개의 기다란 손톱이 그의 손가락 사이에 낀 종이를 빼간 다음, 그녀는 천천히 안락의자에 자리를 잡았다. 콧잔등에 균형을 맞춰 얹은 금속테의 안경 덕분에 그 할머니에게서는 은퇴한 노 여교사 같은 티가 났다. 아주 잘 어울리는군, 게다가 왕년에 정말로 선생님이었다니까. 길랭은 혼자 생각했다. 교실 안에는 곧 침묵이 흘렀다. 위게트의 목소리는, 흥분 때문으로 보이는 약간의 떨림을 제외한다면, 놀라울 정도로 맑고 또렷했다.

"여자 히치하이커는 자기 이름이 지나라고 그에게 말했다. 존은 큼지막한 선글라스 뒤에 감춰진 젊은 여자의 눈길을 자신에게로 끌어보려 했지만 헛수고였다. 자동차에 올라탄 이후 벌써 몇 번째인지 모를 정도로 지나는 자주 다리를 꼬았다. 날씬하면서 끝없이 길어 보이는 다리…… 나일론 스타킹이 사각사각 스치는 소리가 존에게는 고문이었다."

6시 27분 책 읽어주는 남자

길랭은 소스라치게 놀랐다. 위게트 리뇽이 읽은 마지막 문장은 그를 땀범벅인 채로 그대로 냉동시켜버리는 것 같았다. 그는 순간적으로 곧 문제가 발생하리라는 것을 직감했다. 체르스토르의 뱃속에서 살아 있는 살갗을 거두기 시작한 이래로 그는 그것들을 미리 읽어봐야겠다고는 단 한 번도 생각하지 않았다. 그는 내용을 미리 알지 못한 채 그 자리에서 읽는 편을 선호했다. 지난 몇 년 동안 이 일을 해오면서 그는 이제껏 위게트가 읽고 있는 종류의 글, 위게트가 성실하게 가장 적절한 낭송 어조를 모색하며 읽고 있으나, 현재로서는 앞으로 어떤 일이 벌어질지 짐작하지 못하고 있는 듯한 글과는 맞닥뜨린 적이 없었다. 더구나 이 방 안에서 위게트의 입술만 바라보고 있는 다른 사람들도 사정은 마찬가지일 것이었다.

"그가 앞만 바라보려고 무진 애를 쓰는 사이에 여자는 그에게 불이 있느냐고 물었다. 누가 되었든 그의 차 안에서는 절대 담배를 피우지 못하게 해왔던 남자는 자기도 모르게 여자에게 라이터를 내밀고는 스스로도 놀랐다. 양손으로 그의 손목을 잡은 여자는 립글로스를 발라 한층 더

육감적으로 보이는 양 입술 사이에 낀 체스터필드 담배의 불꽃을 그에게 가까이 갖다 댔다. 여자가 재떨이 쪽으로 상체를 깊숙이 숙이자 그녀의 왼쪽 가슴이 존의 근육질 팔뚝을 스쳤다. 황홀하리만치 탱탱한 가슴과 닿은 존은 몸을 떨었다."

하느님 맙소사, 그가 두려워하던 일이 기어이 닥치고 말았다. 그가 서둘러 개입하지 않는다면 모두가 재앙을 향해 돌진하게 될 것이었다. 존과 지나가 옷을 홀딱 벗고 트럭 좌석에 누워 서로의 몸에서 나오는 점액을 주물럭거리기 전에 모든 것을 멈춰야 한다. 지금 이 속도대로라면 두 번째 장의 마지막 부분에 이르기 전에 볼장 다 보게 될 가능성이 아주 높았다! "위게트, 제 생각에는……."

"쉿!" 그것은 분명 만장일치의 '쉿', 이야기의 단 한부분도 놓치지 않겠다는, 따라서 섣부르게 나서지 않는 편이 좋을 것이라는 청중들의 결연한 의지와 경고가 담긴 '쉿'이었다. 그는 손가락을 한두 번 딱딱 부딪쳐서 모니크의 주의를 끌고자 했지만, 그녀마저도 완전히 넋을 잃고 이야기에 빠져 있었다. 모니크의 동생 조제트로 말하자면, 벽에 비스듬히 기댄 채 두 눈을 질끈 감고서 활짝 열어둔 두 귀로 점점 더 떨면서 자연스레 점점 더 또렷해지는 위게트의 음성을 고스란히 들이키는 중이었다. 위게트는 한 치의 벗어남도 없이 줄곧 가던 길을 따라 앞으로 나아갔다.

"그의 안에서 치솟는 강렬한 욕망이 작용한 탓인지 트럭 기사는 몸에 딱 달라붙는 자신의 청바지가 터질 것처럼 꽉 낀다고 느꼈다. 이 여자는 악마야. 숨을 쉴 때마다 고개와 나긋나긋한 허리를 뒤로 젖히고 가슴은 앞으로 내민 자세로 차의 천장을 향해 담배 연기를 뿜어대는 탐스러운 요물. 여자가 선글라스를 벗자 강렬한 눈빛의 푸른 눈이 모습을 드러냈다. 팔꿈치를 차문에 걸친 여자는 존 쪽으로 비스듬히 몸을 돌리면서 양 다리 사이를 약간 벌려 관능적인 자세를 취했다. 더 이상 버틸 수 없었던 남자는 먼지 구름을 일으키며 요란스럽게 66번 국도변에 38톤 트럭을 세우고 여자의 몸을 덮쳤다. 여자는 아무런 저항 없이 순순히 남자에게 몸을 내주었다. 그는 손으로 레이스 팬티를 벗기면서 동시에 입 안 가득 그를 향해 열린 두 입술을 빨아들였다. 지나는 전문가적인 솜씨로 존의 바지 속에 손을

6시 27분 책 읽어주는 남자

넣어 잔뜩 발기한 음경을 더듬었다."

갑자기 들려온 자동차 경적 소리 때문에 청중들은 현실로 돌아왔다. 택시가 자갈 깔린 길 한가운데에서 신경질적으로 경적을 울리고 있었다. 몇몇 사람들이 길랭에게 와서 방문해주어 고맙다는, 그런데 방문 시간이 너무 짧아 아쉽다는, 따뜻한 인사를 건넸다. 사람들의 얼굴에는 생기가 돌았고, 눈에서는 빛이 났다. 위게트의 낭송이 요양원에 활기를 불어넣은 것 같았다. 식사를 위해서 벌써 목에 냅킨을 두른 한 할머니가 누가 듣거나 말거나 '잔뜩 발기한 음경'의 뜻을 설명했다. 길랭은 다음 토요일에 다시 오겠다고 약속하고는 얼른 그곳을 떠났다. 그는 참으로 오랜만에, 모처럼 자신이 살아 있다고 느꼈다.

15

길랭 비뇰의 삶에 그 기기가 끼어들게 된 것은 전적으로 우연이었다. 그는 그것을 보지 않았을 수도 있고, 보고 무시해버릴 수도 있었다. 또, 그 기기는 얼마든지 다른 사람의 손에 들어가서 전혀 다른 운명을 맞았을 수도 있었다. 어쨌거나 3월의 어느 쌀쌀한 아침에 길랭이 보조의자를 아래로 끌어당기는 순간 그 기기가 거기서 툭 튀어나왔다. 열차 바닥에서 한 번 튀더니 그의 발밑에 와서 떨어진, 도미노보다 약간 크거나 거의 같아 보이는 그 플라스틱 조각. 처음에는 그것이 라이터라고 짐작했던 길랭은 곧 USB임을 알았다. 석류빛의 평범한 USB. 그는 별 생각 없이 그것을 주워 손가락 사이에 끼고 이리저리 돌려보다가 무심코 재킷 주머니 속에 넣었다. 그후에 이어진 살아 있는 살갗의 낭독은 여느 때보다 훨씬 기계적이었다. 그만큼 그의 신경은 온통 주머니 속에 들어 있는 그 자그마한 기억 농축 기기에 쏠렸다. 그는 그날 내내 코왈스키의 아우성도 듣는 둥 마는 둥 했으며, 브뤼네르의 비웃음 섞인 미소도 보는 둥 마는 둥 했다. 점심 시간에 이봉이 낭독하는 시 구절들도 그의 생각을 다른 곳으로 돌려놓지 못했다. 저녁이 되어 집으로 돌아온 그는 평소 습관대로 루제 드 릴에게 먹이를 주는 대신, 노트북 앞으로 달려가 USB를 꽂은 다음 더블 클릭으로 거기에 저장된 기억 속으로 비집고 들어갔다.

실망감을 주체하지 못한 채 길랭은 19인치 화면을 줄곧 응시했다. USB가 보여주는 화면에는 텅 빈 사막뿐이었다. 환한 빛만 발산하는 큼지막한 화면 한가운데에서 길을 잃은 듯 생뚱맞게 박혀 있는 유일한 폴더에는 "새 폴더"라는, 전혀 상상력을 자극하지 않는 제목이 붙어 있었다. 화끈한 뭔가가 담겨 있으리라고는 도저히 예상할 수 없는 제목이 아닌가. 집게손가락으로 마우스를 살짝 누르자 미지의 세계를 닫고 있던 빗장이 풀렸다. 모두 72개의 파일, 그러니까 다른 제목이라고는 없이 각각 숫자로만 구분된 72개의 문서 파일이 그 안에 들어 있었다. 호기심이 발동한 길랭은 커서를 첫 번째 파일에 옮겨놓고서 신경질적으로 클릭했다.

문서 1

1년에 한 번, 춘분 무렵, 나는 다시 센다. 그냥, 어떤가 보기 위해서, 아무것도 달라지지 않았음을 확인하기 위해서이다. 밤과 낮이 똑같은 양으로 시간을 나누어 가지는 1년 중 매우 특별한 그 순간에 나는 내 영역을 바닥부터 천장까지 뒤덮고 있는 타일의 숫자처럼 겉보기에는 집요할 정도로 꿈쩍 않는 것일지라도 아마도, 그렇지, 언젠가는 바뀔지도 모른다는 생각을 머릿속 한 귀퉁이에 감춰놓은 채 다시 세는 것이다. 그건 백마 탄 멋진 왕자의 존재를 믿는 것만큼이나 허망하고 멍청한 짓이지만, 그래도 내 마음속에는 죽기를 거부하는 소녀 같은 부분이 남아 있고, 그 소녀는 1년에 한 번쯤은 기적을 믿고 싶어한다. 난 내 영역의 타일들이라면 눈 감고도 다 안다. 매일매일 거듭되는 수세미와 세제 세례에도 대부분의 타일들은 첫

날처럼 번쩍거리며, 구운 흙을 감싸고 있는 우윳빛이 감
도는 광택은 조금도 손상되지 않았다. 솔직히 말해서 난
그런 것에는 별로 흥미가 없다. 개수가 너무 많다 보니,
솔직히 그것들의 완벽함마저도 매력이라고는 하나도 없
는 진부함으로 치부된다. 암, 관심 없고말고. 나는 오히려
깨진 것, 금간 것, 누렇게 변색된 것, 이가 빠진 것, 요컨대
시간이 왜곡시켜놓은 모든 것, 그래서 이 장소에 약간 한
물간 분위기, 내가 결국 사랑할 수밖에 없게 되어버린 그
묘한 분위기 말고도, 희한하게 나에게 안도감을 안겨주는
불완전함이라는 개성을 선사하는 모든 것에 관심이 쏠린
다. "사람은 말이다, 쥘리, 뭉개진 얼굴의 상처에서 전쟁
의 흔적을 읽는 법이란다. 풀 먹여서 빳빳하게 다린 군복
을 입은 장군들의 사진에서 전쟁의 냄새를 맡는 게 아니
라니까." 이모는 언젠가 둘이 함께 예전 같은 광택을 찾아
주고자 셈가죽으로 타일을 열심히 닦던 날 그렇게 말했다.
가끔씩 나는 우리 이모의 건전한 상식은 대학 강의실에서
가르칠 가치가 충분하다고 생각한다. 나의 뭉개진 얼굴들
은 이곳에서도 다른 곳이나 마찬가지로 영원불멸이란 존
재하지 않는다는 사실을 확인해준다. 물론 깨지고 망가진

것들 가운데에서도, 예를 들면 세 번째 세면대 왼쪽 위에 박힌 다섯 개로 가지 친 별 무늬의 윤기가 사라진 타일이나, 아예 광택이 모두 바래버려서 북쪽 벽에 붙은 번쩍거리고 온전한 이웃 타일들과 이상하게도 뚜렷하게 대비되는 타일처럼, 내가 특별히 좋아하는 녀석들이 있다.

좌우지간, 이 아침, 봄의 시작을 알리는 오늘, 나는 펜과 수첩을 손에 들고서 연례 타일 세기를 진행하기 위해서 타일로 뒤덮인 내 영역을 돌아다녔다. 나의 동선은 가장 쉬운 것에서 시작해서 차츰 어려운 것으로, 가장 눈에 잘 띄는 것에서 가장 접근이 어려운 것으로 옮겨간다는, 가히 데카르트적이라고 할 만한 순서에 따라 이어졌다. 그 결과 타일 세기는 언제나처럼 내 영역으로 인도하는 계단의 양쪽 옆을 차지하는 널찍한 두 개의 벽면에서 시작했다. 이어서 북쪽 벽, 구석에 내가 책상으로 쓰는 작은 캠핑용 테이블이 놓인 서쪽 벽으로 이어졌다. 그 과정에서 다용도실의 두 여닫이문을 열고 그 칸막이에 붙어 있는 타일 몇 장도 빼먹지 말 것. 빗자루들과 양동이, 세제통, 물걸레 등과 뒤섞여 아침부터 저녁까지 늘 어둠 속에 잠겨 있는 그 타일들. 이따금씩 나는 용수철 달린 수첩에 그때까지 센 결과를 기록하기 위해서 잠시 셈을 중단해야만 했다. 나는 어깨로 여자 영역 쪽으로 난 여닫이문을 반쯤 연 다음 숙달된 예리한 시선으로 거울 주변, 깔개가 놓인 바닥 표면, 개수대 아래쪽 등을 살핀다. 어둠 속에 잠겨 있는 타일들을 끌어내기 위해서 두 눈으로 그늘진 구석까지 꼼꼼히 뒤져가며 여덟 군데의 개별 공간을 하나하나 살피고 나면, 나는 여자 영역에서 나와, 똑같은 방식으로 작업하기 위해서 남자 영역으로 이동한다. 남자 영역도 안쪽 벽에 여섯 개의 소변기가 달려 있다는 점을 제외하면 모든 면에서 여자 영역과 다르지 않다.

테이블 앞에 앉은 나는 서랍 속에 넣어두었던 전자계산기를 꺼내서 수첩에 적힌 숫자들을 하나하나 미친 듯이 입력한다. 다른 해와 마찬가지로, 나의 심장은 최종 합산을 위해서 내 손가락이 'EXE' 단추를 누르는 순간 평소보다 조금 더 빨리 뛰었다. 물론 다른 해와 마찬가지로 계산기의 화면에는 절망적으로 동일한 숫자가 떴다. 14,717. 나는 언제나 조금은 더 따뜻한 숫자, 조금은 더 둥그스름

하고 보기에도 기분 좋은 숫자가 나타나기를 꿈꾼다. 한 가운데에 배가 불룩한 동그라미, 그게 안 된다면 8, 아니면 한쪽만이라도 볼록한 6이나 9 정도라도 한두 개 품은 숫자. 3만 해도 얼마나 아름다운가 말이다. 유모의 풍만한 젖가슴 같은 그 숫자라면 충분히 나를 행복하게 해줄 것 같다. 그런데 14,717이라니. 이건 온통 뼈다귀뿐이다. 그런 숫자는 염치도 없이 뼈만 남은 앙상한 몸체를 당신에게 들이댐으로써 그 각진 모서리의 예리함으로 당신의 시신경을 마구 공격한다. 당신이 무엇을 하든, 일단 종이에 적히면, 그 숫자들은 일련의 쪼개진 직각으로 남는다. 타일을 한 개만 더하거나 빼면 이 적대적이고 모난 숫자는 꽤 호의적이고 둥글둥글한 원만함의 옷을 입게 될 것이다. 나는 한숨을 내쉬며 계산기를 도로 서랍 속에 넣었다. 14,717. 이번에도 역시 나는 이 보기 흉한 숫자를 생각하며 열두 달을 보내야 할 처지가 되고 말았다.

두 눈을 쿡쿡 쑤셔대는 피로에도 불구하고 길랭은 세 번 거듭해서 이 파일을 읽었다. 읽을 때마다 번번이 그는 똑같은 매력을 느끼며 이 여자의 주변을 맴돌았다. 진한 차를 한 잔 끓인 그는 폴더 전체를 출력한 다음 그 종이 뭉치를 들고 이불 속으로 들어가 두 번째 파일을 읽기 시작했다. 밤이 깊도록 길랭은 희열감에 넘쳐 왕성한 식욕으로 72개의 파일을 하나씩 읽어나갔다. 마지막 장까지 독파하고 난 그는 잠 속으로 빠져들었다. 이제 막 그의 인생의 수면 위로 떠오른 쥘리와 타일로 뒤덮인 그녀의 작은 세계가 그의 잠을 가득 채웠다.

16

아침에 길랭은 대로변을 따라 걸어가며 아무것도 세지
않았다. 자기 발걸음도, 가로수도, 길가에 심어놓은 플라
타너스도, 주차되어 있는 자동차도, 그 어느 것도 세지 않
았다. 처음으로 그는 그럴 필요성을 느끼지 못했다. 이제
막 시작되려는 아침의 여명 속에서 라콩코르드 서점의 철
제 셔터에 그려진 낙서조차 여느 때보다 훨씬 더 화사해
보였다. 기분 좋을 정도의 무게감으로 그의 오른팔을 자극
하는 가죽 가방은 그가 걷는 움직임에 따라 흔들렸다. 조
금 가다가 그는 '메이에르와 아들'이라는 고깃간의 환기창
이 끝없이 토해내는 뜨거운 기름 연기 속을 역겨운 냄새에
매몰되는 기색이라고는 전혀 없이 헤치며 앞으로 나아갔
다. 주위는 온통 은은한 빛과 눈부심이 가득했다. 한밤중

6시 27분 책 읽어주는 남자

에 잠깐 내린 소나기로 영롱한 물기를 머금은 탓인지 주변 사물들이 한결 더 예뻐 보였다. 154번지 앞에서 그는 평소처럼 슬리퍼를 신고 잠옷 위에 트렌치코트를 걸친 노인에게 인사를 건넸다. 노인은 발튀스가 시원한 오줌 줄기로 나무 밑동을 적시는 광경을 보며 사람 좋은 미소를 지었다. 길랭은 역으로 이어지는 몇 개의 계단을 훌쩍 뛰어 백색 선에 도착했다. 백색 선은 칙칙함의 한가운데에서 그 어느 때보다도 하얗게 이어졌다. 6시 27분 열차는 6시 27분 정각에 플랫폼으로 들어왔다. 보조의자는 그가 좌석을 내리자 낑낑거리는 신음 소리도 내지 않고 조용히 열렸다. 길랭은 발밑에 내려놓은 가죽 가방에서 두꺼운 판지로 만든 서류철을 꺼냈다. 이 모든 절차는 다른 날과 전혀 차이가 없었으나, 예리한 관찰자들의 눈에는 청년의 몸짓이 평소보다 훨씬 덜 기계적으로 비쳤다. 보통 때 슬픈 표정의 가면처럼 그의 표정을 딱딱하게 경직시키던 불편함이 사라진 것이었다. 이들 예리한 관찰자들은 또한 압지첩과 반투명의 얇은 종이들이 평범한 A4 용지들로 대체되었음도 알아차릴 수 있었다. 길랭은 열차가 출발하기를 기다리지도 않고 차분한 목소리로 첫 번째 글을 읽기 시작했다.

문서 8

　나는 쇼핑몰에 일찌감치 도착하기를 좋아한다. 주차장 구석 쪽으로 난 작은 옆문을 열기 위해서 열쇠 구멍에 '참깨'를 밀어넣는다. 아래에서부터 위에까지 빽빽하게 낙서가 되어 있는 이 보잘것없는 철문이 나의 출입구이다. 상점마다 내려진 철제 셔터를 울려대는 내 발자국 소리만을 벗 삼아 나는 쇼핑몰 중앙 통로로 올라가 나의 영역으로 향한다. 여덟 살 무렵 내가 처음으로 이 똑같은 중앙 통로에서 일하러 가는 이모를 따라 종종걸음을 치던 날, 이모가 한 말을 나는 평생 기억할 것이다. "너는 공주야, 내 사랑하는 쥘리, 궁전에 사는 공주라니까!" 공주는 이제 나이가 들었지만 왕국은 거의 변하지 않았다. 넓이가 10만 제곱미터도 넘는데 완전히 텅 비었으며, 이제나 저제나 백성들이 오기만을 기다리는 왕국. 나는 지나가는 길에 건장한 체구를 가진 두 명의 남자들에게 인사를 건넨다. 집으로 돌아가기 전에 마지막 순찰을 도는 야간 보안 담당자들이다. 그들은 항상 나에게 상냥한 말을 한두 마디 건네곤 한다. 나는 지나가면서 늘 그들과 함께 다니는 부리망을 씌운 '빨간 양말'의 머리를 쓰다듬어준다. 녀석은 겉모습만 험상궂을 뿐이라고, 언젠가 개의 주인 누레딘이 말했다. 나는 지구가 운행을 잠시 멈추고서 이제 막 시작되려는 새벽의 여명과 목숨이 다해가는 밤의 암흑 사이에서 망설이는 듯한 이 특별한 순간을 좋아한다. 나는 언젠가는 아마도 지구가 돌기를 멈추고 영원히 움직이지 않게 되는 날이 올 것이라고, 낮과 밤이 각각 자기 위치를 언제까지고 유지하게 되면서 우리는 영원한 새벽 속에서 살게 될 것이라고 혼자 상상해본다. 그렇게 된다면, 모든 사물들이 노을빛에 잠겨 파스텔 톤을 띠게 된다면, 전쟁도 어쩌면 덜 흉측할 것이고, 기아도 덜 끔찍할 것이며, 평화는 더 오래 지속될 것이고, 늦잠은 매력이 반감될 것이며, 저녁 시간은 훨씬 더 길어지게 될 것이라고, 오직 나의 백색 타일들만이 네온의 차가운 불빛 아래에서 변함없이 반짝일 것이라고 생각한다.

세 개의 주요 통로가 갈라지는 곳에 자리잡은 대형 분수에서 졸졸 물이 흐르는 소리는 나에게 안도감을 준다. 동전 몇 개가 바닥에서 반짝인다. 사랑하는 연인들이나 로또 복권을 산 미신 신봉자들이 던진 동전들이다. 나도 가끔 마음이 내키면 지나가는 길에 동전을 던지기도 한다.

6시 27분 책 읽어주는 남자

그냥, 그것들이 뱅글뱅글 돌면서 바닥으로 떨어져 반짝이는 광경을 보고 싶다는 이유만으로 그렇게 한다. 어쩌면 내 안에 아직도 백마 탄 왕자님이 구하러 와줄 것이라고 기대하는 여덟 살짜리 소녀가 조금 남아 있기 때문일지도 모른다. 아름다운 백색 군마(가령 실내는 가죽으로 된 아우디 A3나 시트로앵 DS)를 주차장에 세운 다음 나에게 와서 오줌보를 비우고는 나를 품에 안고 기나긴 애정 탐사 길에 오르는 진짜 백마 탄 왕자님. 난 『누 되(Nous deux)』 잡지 같은 건 이제 그만 봐야 해. 그런 것들을 읽으면 발정 호르몬 에스트로겐이 너무 많이 나온단 말이지.

나는 쇼핑몰의 외부 아래쪽으로 내려가는 계단 열대여섯 개를 단숨에 내려가 내 일터에 도착한다. 두 번째 '참깨'로 철제 셔터를 올라가게 하는 기계를 작동시킨다. 마치 내 머리 위에서 거대한 아가리가 천장에서부터 금속을 야금야금 집어삼키는 것 같은 끔찍한 소리가 난다. 문을 열려면 아직 한 시간이 남았다. 그 한 시간은 내 시간이다. 손님들이 올 때까지 캠핑용 작은 테이블 앞에 앉아 전날 써놓은 글을 다시 읽거나 컴퓨터에 입력하면서 보내는 나만의 시간. 나는 그 글들이 하룻밤을 지나면서 한껏 부풀어올라 아침이면 구수한 냄새를 풍기는 빵 반죽처럼 밤새 숙성된다는 생각이 마음에 든다. 그리고 그 글들을 컴퓨터로 옮기는 지금 이 순간, 자판을 두드리는 소리가 내 귀에는 세상에서 가장 아름다운 음악처럼 들린다. 그 일을 끝내고 컴퓨터를 케이스에 집어넣은 다음, 나는 제복 격인 하늘색 작업복을 입는다. 폴리에스테르 천으로 제작된 지극히 평범하고 보기 흉한 옷. 그 옷만 걸치면 나는 1970년대 우체국 창구에서 일하는 여자 같은 꼴이 된다. 그런데도 겉모습만으로 사람을 판단해서는 안 된다고 한다면, 이모는 아마 이렇게 말할 것이다. "화장실 청소부 아줌마들의 수호신인 성스러운 락스 성녀님에게 저주 있으라!" 조지가 도착할 시간이자 아침을 먹을 시간이다. 조지(조지는 사람들이 자기를 조지안이라고 부르는 것을 끔찍이도 싫어한다)는 2층에 자리잡은 미용실에서 머리를 감겨주는 아가씨이다. 조지는 나와는 완전 반대이다. 그녀는 아름다움 분야에 종사하고, 나는 추함 분야에서 일한다. 그녀는 경박하고, 나는 그래도 진지한 부류에 속한다. 그녀는 개방적이고 발랄한 반면, 나는 앞뒤가 꽉 막히고 콤플렉스가 많은 편이다. 어쩌면 그렇기 때문에 조지와 나는 사이가 좋은지도 모르겠다. 그녀가 이곳에 도착할 때면 어쩐지 햇빛이 비추는 것 같다. 우리는 각자 크루아상과 커피한 잔을 앞에 놓고 각자의 고민거리와 즐거움에 대해서 이야기한다. 우리는 수다를 떤다. 고객에 대해서도 이야기한다. 어떤 손님이 그녀에게 푸른 사과 색으로 머리를 염색해달라고 했다는 둥, 어떤 손님은 변기의 물 내리는 손잡이를 망가뜨렸는데 그건 그 머저리가 눌러야 하는 손잡이를 잡아당겼기 때문이라는 둥. 우리는 세상을 모조리 바꿔버리기도 하고, 그저 소박하게 각자의 꿈을 털어놓기도 하며, 누가 먼저라고 할 것도 없이 사춘기 소녀들처럼 까르르 웃기도 하다가, 서로에게 좋은 하루를 빌어주고 내일 만나자고 인사를 한다. 화요일은 조지가 쉬는 날이다. 그래서 화요일은 다른 날과는 영 다르다. 꼭 집어 이거다라고 말할 수는 없지만 요리할 때 양념 한 가지쯤 잊어버린 것처럼 뭔가가 빠진 것 같다. 난 화요일이 싫다.

집을 나서기 전, 길랭은 전날 건져낸 살아 있는 살갗들을 쥘리의 글들로 대체했다. 왜 그렇게 하는지 스스로 물어볼 생각도 하지 않은 채 그냥 그렇게 된 것이었다. 그는 젊은 아가씨가 남긴 작은 편린들을 그가 그것들을 발견한 곳에 되돌려주는 것이 너무 당연하다고만 생각했다. 아마도 언젠가는 승객들로 붐비는 열차 안에서 쥘리도 그들과 함께 자신이 쓴 글을 들을지도 모르겠다는 상상을 하면 길랭은 기분이 좋아졌다.

문서 36

10시 뚱보는 오늘도 역시 나타났다. 늘 똑같은 짓거리. 그는 무뇌증 하마처럼 우둔하게 계단을 내려오더니 곧장, 아침 인사 한마디도 건네지 않고, 볼일을 보러 갔다. 그가 한 발짝씩 걸을 때마다 나의 작은 테이블은 뒤집어질 것처럼 위태위태했다. 10시 뚱보는 절대 안녕하시냐는 인사를 하지 않는 것처럼 안녕히 계시라는 인사도 하지 않았다. 말 한마디 없이, 시선을 옮기는 일도 없이, 그는 가장 안쪽에 있는 8번 화장실로 직행했다. 나는 그자가 8번이 아닌 다른 화장실로 들어가는 것을 본 적이 없다. 어쩌다가 운이 나쁘게도 8번을 다른 사람이 차지하고 있을 때면, 뚱보는 초조해서 발을 동동 구르다가 이내 화가 난 듯 쿵쿵거렸고, 그래도 안 되면 안절부절못한 채 문 앞을 서성이고 있었다. 그자는 자기도취와 처세술 결핍을 고스란히 드러내는 인물이었다. 사륜 구동차를 타고 기껏 시내나 누비며 장애인용 주차 자리에 차를 세울 위인. 그자가 매일 10시 정각이면, 세상의 종말을 알리는 듯한 요란한 소리를 내며 8번 화장실로 뛰어들어가는 흉한 꼴을 보인 지 벌써 두 달이 다 되어가는데, 나는 아직 그자에게 듣기 싫은 잔소리라고는 단 한마디도 쏘아주지 못했다. 하지만 그자는 정말이지 잔소리를 들어 마땅하다! 그도 그럴 것이, 한마디 덧붙이자면, 내가 "흉한 꼴을 보인다"고 할 때는 그것을 비유적인 표현으로만 봐서는 안 된다. 그 무례한 작자는 매번 두루마리 화장지 한 통을 다 쓰면서, 이 점이 특히 마음에 안 드는데, 변기에 붙은 손잡이를 눌러 물을 내릴 생각이라고는 하지 않는다. 때문에 그 장소에 최소한의 품위를 되찾아주기 위해서 나는 그자의 위풍당당한 엉덩이가 지나간 자리를 거의 10분씩이나 닦아야 한다. 제일 고약한 점은 그 고얀 놈이 새로 찍은 지폐처럼 말쑥한 자태, 으음, 깔끔한 재킷에 나무랄 데 없는 바지 주름에 이르기까지 그야말로 완벽한 모습으로 내 8번 화장실에서 나온다는 사실이다. 그런데, 이모가 늘 입버릇처럼 말했듯이, 변기물을 넘치게 하는 결정적인 한 방울은 봉사료이다. 그 뚱보 구두쇠는 절대 5상팀짜리 노란 구리 동전보다 큰돈을 놓은 적이 없고, 그나마도 성의 없이 아무렇게나 내 접시에 던진다. 나는 매번 그 못된 놈의 눈길을 잡아보려고 애를 써본다. 뭐, 그 자식에게 내가 뚜껑이 열렸다는 사실 정도는 알려줘야 하는 것 아니냐는 차원에서. 하지만 그 망할 놈은 한번도 내 쪽으로 고개를 돌리지 않는다. 그자에게 나는, 그자가 노란 동전을 던지는 작은 도자기 접시보다 크게 나을 것이 없는 존재에 불과하다. 그자는 첫째가는 진상 손님 부류에 속한다. 어떤 상황에서도 자기 한 몸만 말짱하게 빠져나오는 부류. 그래도 나는 낙담하지 않는다. 광고에도 나오듯이, "언젠가는 내가 그자를 응징하고 말 테니!"

10시 뚱보를 언급하는 대목에서 길랭은 자연스럽게 펠릭스 코왈스키를 떠올리지 않을 수 없었다. 그러면 상사에 대해서 도저히 이렇게 생생하게 묘사할 수 없을 것이다. 오늘따라 유난히 공장 담벼락이 높아 보였다. 인적은 없었다.

17

이봉은 상황을 감안한 석 줄짜리 12음절 정형시로 출근
길의 길랭을 맞았다.

"활기차게 길고 무거운 일하라
운명이 너를 불러세운 길에서,
그리고 말없이 고통받다 죽어."

알프레드 드 비니(Alfred de Vigny, 프랑스의 시인/옮긴이)의
"늑대의 죽음"이라고 초소 쪽을 향해 대꾸하면서 길랭은
창고의 거대한 문 안으로 비쩍 마른 몸뚱이를 들이밀었다.

경비원 이봉은 한 주도 거르지 않고 그를 향해 석 줄의

시를 읊었다. 길랭이 도착했을 때, 브뤼네르는 다른 날과
는 달리 그놈의 제어장치판 앞에 몸을 기대고 서 있는 것
으로 만족하지 않고, 대뜸 그에게로 다가오더니 탈의실까
지 졸졸 따라왔다. 그 꺽다리 녀석은 이죽거리며 촐랑댔
다. 녀석이 발정 난 수캐마냥 그의 주위를 맴도는 것을 보
면서 길랭은 즉각적으로 녀석이 뭔가 할 말이 있음을 직감
했다. "뭐가 문제지, 뤼시앵?"

　그가 먼저 입을 열어주기만 기다리고 있던 상대는 주머
니에서 회사 이름이 약자로 적힌 종이를 꺼내 입이 찢어질
정도로 함박미소를 지으며 그것을 길랭의 코앞에 들이댔
다. "5월에 갈 예정입니다, 비뇰 씨. 회사가 경비를 대주
고, 닷새 동안 보르도에 가기로 결정되었죠." 그 머저리 녀
석이 결국 다음번 체르스토르 운전 자격 교육 과정에 참가
해도 좋다는 허가를 얻어낸 것이었다. 브뤼네르는 마침내
놈을 작동시키겠다는 녀석의 오랜 꿈을 실현할 수 있게 될
터였다. 새 책 묶음을 지옥으로 보낼 때마다 이 사이코패
스 녀석의 얼굴이 황홀감으로 일그러질 것을 상상하니 길
랭은 점점 더 심기가 불편해졌다. 형을 집행하는 자는 감
정을 겉으로 드러내지 말고 무표정함을 유지해야 한다는

것이 그가 늘 추구해온 지론이었다. 주세페는 그에게 대용량을 그저 총체로서만 인식하도록 가르쳐주었다. 개별적인 것에 마음을 두지 말게, 애송이. 그래야 훨씬 쉽다는 것을 자네도 곧 알게 될 거야. 주세페는 늘 충고했다. 그런데도 불행하게 어떤 책 한 권이 그의 주의를 끌게 되면, 길랭은 체르스토르의 똥구멍 쪽으로 달려가 거기에서 나오는 회색빛 반죽에 시선을 고정시키고서 망막에 새겨진 그 책의 이미지가 사라질 때까지 서 있었다. 브뤼네르는 그와 정반대를 추구했다. 그 쓰레기 같은 녀석은 자신이 파쇄하는 대상에 지대한 관심을 표하는 과정에서 가학적인 쾌감을 느꼈다. 녀석은 책 더미에서 일부러 한 권을 꺼내 표지를 뜯어낸 다음, 나머지를 놈의 탐욕스러운 아가리에 던져넣을 때도 있었다. 브뤼네르는 길랭이 그의 이런 행동을 몹시 싫어한다는 사실을 잘 알고 있었으므로 일부러 더 그럴 때도 자주 있었다. 그럴 때면 이어폰 속에서 시끄러운 잡음이 지지직거리는 가운데 녀석의 목소리가 들려왔다. "비뇰 씨, 방금 그 책 말인데요, 작년 르노도 상(Le Prix Renaudot, 프랑스의 유명 문학상 중 하나/옮긴이) 수상작이었습니다. 그 시시껄렁한 책들에 아직도 빨간 띠지가 그대로 둘러져 있더라니까요!"

그런 순간이면, 길랭은 브뤼네르가 증오심을 가득 담아 주절거리는 소리를 듣고 싶지 않아서, 규정상 절대로 금지되어 있기는 하지만, 수신장치를 꺼버렸다. 오늘 아침, 체르스토르가 가다 서다를 반복하면 으레 멍청한 상태에 빠져버리던 길랭은 맑은 정신을 되찾기까지 평소보다 훨씬 더 오랜 시간이 걸렸다. 쥘리가 안전모를 쓴 그의 이어폰 속에서 그와 함께했다. 점심 시간에 그는 경비 초소로 가서 별로 식욕도 없는 상태에서 이봉이 준비한 뜨거운 홍차와 전채용 케이크 조각을 먹었다. 『뤼 블라(*Ruy Blas*)』(빅토르 위고가 쓴 비극 작품/옮긴이)가 음식을 씹는 그와 동석했다. 제3막 2장. 두 눈을 감고 고개를 유리창에 기댄 길랭은 왕비를 사랑하는 하인이 12음절 정형시 구절들로 오막살이를 가득 채우는 장면에 대한 낭송을 들었다. 그때, 이봉 그랭베르를 글리신으로 끌어들이면 어떨까 하는 아이디어가 그의 머릿속에 떠올랐다. 길랭은 입가에 미소를 머금고, 놀라서 어쩔 줄 모르는 글리신의 노인들 앞에서 이봉이 여러 세기 전 시대를 배경으로 복잡한 사건이 줄을 잇는 이 비극을 낭송하는 광경을 그려보았다. 이봉은 진정한 청중들 앞에서 공연할 자격이 충분했다. 비록 삶에 지친 노인들뿐인 청중일지라도 말이다. 길랭은 이봉이 낭송을 끝내기를 기다렸다가 말을 꺼냈다. "지난 토요일에 저는 갸니의 한 양로원에 가서 낭송을 했습니다. 다음 주에도 갈 예정이죠. 아주 정이 가는 사람들이에요. 제가 매주 토요일에 와주었으면 하더라고요. 그래서 말인데요, 그냥 생각나는 대로 말씀 드리는 거예요. 아저씨가 저랑 같이 가셔서 그분들에게 시를 조금 읽어주시면 어떨까 싶어요." 길랭은 이봉에게는 절대 말을 편하게 하지 못했다. 나이 차이 때문만은 아니었다. 그는 이봉보다 나이가 더 많은 주세페와는 아무 문제없이 친구처럼 편안하게 대화를 주고받는 사이였다. 존경심의 표시 이상이라고 할까, 하여간 길랭의 "존댓말"은 하루 온종일 이봉이 연기하는 모든 인물들에게도 적용되었다. 이봉은 그의 목소리를 이 좁아터진 경비 초소 밖으로 '수출'하자는 아이디어에 대대적인 환영을 표했다. 기뻐하는 그의 앞에서 길랭은 그렇지만 고전 연극의 삼일치 원칙을 청중들이 잘 따라올지에 대해서는 다소 회의적인 태도를 보였다. 이봉이 오히려 그를 안심시켰다.

"권력 전쟁, 숭고한 배신 따위나,
범죄를 꾀하는 흑기사는 잊게.
운만 맞으면 줄거리는 상관 마,
꼭 정상에 닿겠다는 희망 만세."

이봉이 벌써부터 신이 나서 피에르 코르네유에서 장 라
신을 거쳐 몰리에르에 이르는 희곡 낭송 계획을 짜는 동안
길랭은 그에게 모든 것이 아직 계획 단계에 불과하며, 들
라코트 자매와 그의 합류 문제를 협상해야 한다고 상기시
켰다. 손목시계를 힐끗 본 길랭은 서둘러서 경비 초소를
떠났다. 그는 13시 30분 정각에 산업의학과에서 해마다
의무적으로 받아야 하는 정기검진 일정이 잡혀 있었다. 안
색이 창백한 여직원이 그를 맞으며 팬티만 남기고 옷을 모
두 벗으라고 말했다. 여자는 그의 체중과 키를 재고, 청력
과 시력 검사를 한 다음, 혈압을 측정하고 작은 종이 테이
프를 그가 받아온 소변이 든 용기에 담갔다. 5분 후, 얼굴
을 진저 브레드 빛깔로 보기 좋게 태운 남자 의사가 길랭
을 불러 더할 나위 없이 간단하게 청진을 했다. "좋아요,
모두 정상이군요.……비놀 씨, 맞죠? 길랭 비놀. 혹시 무

슨 특별한 문제라도 있나요? 제가 보기에는 건강한 것 같습니다만. 체중이 하한점에 간당간당 걸려 있긴 하지만 말입니다."

길랭은 반박하고 싶었다. 아니오, 모두 정상일 리가 없습니다. 나는 28년 전에 죽은 아버지가 돌아오기를 기다리고 있습니다. 어머니는 내가 출판계 임원이라고 믿고 계시죠. 나는 저녁마다 그날 있었던 일을 금붕어에게 이야기해요. 난 내 일이 너무나 지긋지긋해서 오장육부가 터지도록 소리를 지를 때도 있단 말입니다. 이 모든 것으로도 모자라서 급기야 한번도 만나본 적 없는 웬 여자의 매력에 빠지기 시작했죠. 한마디로, 아무 문제없어요. 모든 방면에서 하한점에 간당간당 걸려 있다는 점만 빼면 말이죠. 무슨 말인지 아시겠어요? 이렇게 말하는 대신 길랭은 짤막하게 대답했다. "괜찮습니다." 바람직한 식생활 습관을 위해서 필요한 몇 가지 조언을 늘어놓은 다음 의사는 서류 아래쪽에 최종 소견을 흘려적었다. 의사의 소견이란 단 한마디, 길랭에게 아무런 거리낌 없이 대량 파쇄를 계속할 권리를 부여해주는 "적합"이라는 한 단어로 요약되었다.

퇴근길에 길랭은 주세페를 보러 갔다. 심란한 마음을 다잡기 위해서 금붕어만으로는 충분하지 않을 때도 있는 법이다. 거의 30분에 걸쳐 그는 주세페에게 USB에 대해서 이야기하고, 그 안에 저장되어 있는 72개의 파일을 그가 어떻게 해서 단숨에 다 읽었는지 빠짐없이 설명했다. 그는 신이 나서 쥘리에 대해서도 이야기했다. 그 젊은 아가씨가 14,717개의 타일로 둘러싸인 가운데 작은 수첩에 어떻게 자신의 일상을 기록해나갔는지도 상세하게 묘사했다. 주의 깊은 노인은 젊은 친구의 말을 한마디도 놓치지 않고 귀담아들었다.

"어떻게 하면 그 여자를 찾을 수 있을까요? 그 여자에 대해서 아무것도 모르는데 말이에요." 길랭이 한탄했다. 주세페는 빙긋 미소를 지었다.

"자넨 그 아가씨에 대해서 자네가 생각하는 것보다 훨씬 많은 걸 알고 있어, 이 딱한 패배주의자 애송이 같으니." 주세페가 그를 안심시켰다. "자넨 내 다리가 하루아침에 다시 솟아났다고 믿나?" 그가 손가락으로 프레시네가 쓴 책으로 휘청거리는 선반을 가리키며 말을 이었다. "자네 지금 그 USB 가지고 있나? 그 글들을 내 컴퓨터에

다운받아주게. 내, 좀더 자세하게 살펴볼 테니까. 쇼핑몰 화장실 중에서 청소 아줌마가 근무하는 곳이라면, 모르긴 해도 발에 차일 정도는 아닐걸."

헤어지면서 주세페는 길랭의 손을 잡고 오랫동안 놓지 않았다. "내 느낌이지만, 이제야 자네도 간절하게 원하는 것을 갖게 된 것 같군." 노인이 재미있다는 표정으로 한마디 덧붙였다.

18

목요일 저녁마다, 교회에 갈 때처럼 번듯하게 옷을 차려입은 전교 1등 분위기의 여자 앵커가 텔레비전 화면에 모습을 나타낼 때쯤, 길랭은 어머니에게 전화를 걸었다. 어째서 다른 요일이 아니고 목요일이냐고? 그런 질문이라면 길랭 자신도 대답하기 곤란했다. 그냥, 특별한 이유 없이, 어쩌다 보니 그렇게 된 것이었으니까. 시간이 지남에 따라 목요일 저녁의 통화는 그가 빼먹을 수 없는 일종의 의식으로 자리를 잡았다. 그 시각이면 어머니가 거실의 안락의자에 편히 자리를 잡고서, 사실 제대로 보는 것도 아니면서 그저 텔레비전 화면을 응시한다는 사실을, 1984년 8월의 어느 날 남편이 떠나간 이후 줄곧 그렇게 언제까지고 계속될 것 같은 멍한 상태 속으로 빠져든다는 사실을 그는 잘 알고 있었다. 그후 28년이라는 세월이 흘렀지만 길랭은 아버지에 대해서 언급할 때 여전히 "죽음"이라는 단어를 차마 입에 담을 수 없었다. 사고 며칠 후, 어린아이였던 그는 아버지를 마지막으로 보았다. 그는 병원 침대에 누워 있던 축 늘어진 아버지 몸에 대한 기억을 간직하고 있었다. 길게만 느껴지던 그 몇 분 동안 길랭은 아버지의 입속으로 연결되어 있던 호스에서 눈을 떼지 못했다. 매혹당한 사람처럼, 그는 침대 오른쪽으로 연결되어 있는 무시무시한 기계장치가 움직일 때마다 파르르 떨리던 아버지의 얼굴을 관찰했다. 숨을 죽여가며 귀엣말을 나누던 사람들 사이에서, 흰 가운을 입은 남자가 할아버지에게로 오더니, 마지막 순간이 멀지 않았음을 암시했다. 그래서인지 이틀 후, 어린 사내아이 길랭은 텔레비전에서 거창한 오렌지색 우주복을 갖춰 입은 남자들이 우주선과 연결된 사다리 위에서 들끓는 군중들에게 인사를 하는 모습을 보는 순간 심장이 터질 것처럼 쿵쾅거렸다. 아래로 깊숙하게 내려쓴 모자 때문에 그 남자들의 얼굴은 보이지 않았다. 하지만 모두들 모자에서 나온 호스를 달고 있었다. 그가 병원에서 본 것과 똑같은 것이었다. 굼뜬 걸음걸이로 우주선을 향해 걸어가서 대형 우주선의 뱃속으로 자취를 감춰버린 그 남자들 사이에 아버지도 있었다. 그는 분명히 그렇다고 확신했다. 1984년 8월 30일 12시 41분, 길랭의 경이로 가득 찬 눈앞에서 우주선 디스커버리 호는 여섯 명의 우주인을 태운 채 굉음을 내며 발사대를 떠났다. 그로부터 한 시간 뒤, 할머니가 오더니 고통으로 만신창이가 된 음성으로 아버지가 떠났다고 말했다. 그는 단 두 마디 외에는 아무 대꾸도 하지 못했다. "저도 알아요." 그 기나긴 세월 동안, 그의 안에 살아남은 여덟 살짜리 소년은 이 별에서 저 별로 항해 중인 아버지가 언젠가는 돌아오리라는 허황된 희망을 버리지 못했다. 아무것도, 심지어 니스 칠한 나무관 위에 뿌려진 한 삽의 흙마저도 현실은 그 반대임을 그에게 납득시키지 못했다.

어머니는 전화벨이 세 번 울리기 전에는 수화기를 드는 법이 없었다. 세 번의 전화벨은 정신줄을 놓고 있던 어머니가 그 줄을 다시 붙잡는 데 필요한 시간이었다.

"엄마, 안녕."

"아, 너구나."

그는 웃는다. 매주 어머니는 그에게 본격적인 질문—대답이 이어지기에 앞서 실시하는 준비운동으로 늘 똑같은 것을 묻는다. 파리 날씨는 어때? 지난번 대중교통 파업으로 고생하지 않았니? 그런 하찮은 질문에도 아들은 벌써부터 자기 어머니에게 거짓말을 해야 하는 순간을 걱정하는 사람 아니랄까봐 모호하게 둘러댄다. 마침내 모자의 대화는 아들이 가장 두려워하는 주제를 건드린다. "여전히 출판일 하지?"

어머니는 아무것도 모른다. 공장도, 그를 괴롭히는 상사의 끔찍한 집무실도. 뭔가 있어 보이도록 꾸며대느라 고약한 것에 대해서는 입을 다물어버리고, 오직 어머니를 위한다는 마음에서 거짓 삶을 지어낸 지난 몇 년간의 사기극. 오줌 맛이 나는 차와 맛없는 시리얼이 아닌 다른 것들을 먹고 마시는 길랭, 수 톤의 책들을 펄프로 만드느라 하루 온종일 일하는 길랭이 아닌 다른 길랭의 거짓된 삶. 사기극 속의 길랭 비뇰은 고작 금붕어하고만 자신의 삶을 나누는 짓은 하지 않는다. 그가 매주 목요일 저녁에 묘사하는 길랭, 인쇄 회사의 출판 담당 부주임 길랭은 인생을 적극적으로 즐긴다. 통화 횟수가 늘어남에 따라 거짓말

또한 점점 더 부풀었으며, 그럴 때마다 그는 두 사람을 갈라놓는 400킬로미터라는 지리적 거리에도 불구하고 어머니가 마침내 이 사기극을 눈치채면 어쩌나 하는 막연한 두려움에 사로잡히곤 했다. 청년 길랭은 1년에 한두 번 정도만 고향 마을에 내려갔다. 짧게 머무는 동안에도 그는 늘 도망치느라 대부분의 시간을 보냈다. 어머니의 질문으로부터 도망쳤고, 나쁜 기억으로부터 도망쳤고, 그가 몇 년에 걸쳐 겨우 떨쳐버렸다고 믿은 빌랭 기뇰이라는 잘못된 이름으로 여전히 그를 불러대는 사람들로부터 도망쳤으며, 그가 도저히 믿을 수 없는 아버지의 무덤으로부터 도망쳤다.

오늘 저녁만 해도, 어머니에게 다시 한번 거짓말을 늘어놓은 후 전화기를 내려놓을 때, 길랭은 목구멍을 타고 넘어오는 울화를 억누를 수 없었다.

19

잿빛 콘크리트는 공장 바닥을 뒤덮은 진창에 깔려 보이지도 않았다. 지독한 냄새가 나는 진창이 발목까지 올라오는 가운데 삽을 든 브뤼네르와 길랭은 쉬지 않고 진흙덩어리를 체르스토르의 깔때기 속으로 던져넣었다. 놈은 침을 잔뜩 머금은 끔찍한 혀 차는 소리를 내지르며 퓌레처럼 걸쭉한 덩어리를 모두 먹어치웠다. 10초마다 놈이 철제 똥구멍으로 낳은 새로운 책은 책장들을 날개처럼 퍼덕거리며 창고의 천장으로 튀어올랐다. 벌써부터 창고 안에서는 귀청이 떨어질 듯한 소음 속에서 책들이 인간의 머리 위를 날아다니는 위협적인 집단처럼 빙글빙글 돌고 있었다. 이따금씩 그 무리 가운데에서 한 권이 떨어져나와 바닥에 수직으로 떨어졌다가 다시금 솟아올라 휘익 소리를 내며 사람들의 머리를 스치고 날아갔다. 다른 책들보다 유별나게 두꺼운 책 한 권이 브뤼네르의 관자놀이를 정통으로 가격했다. 큰 키의 꺽다리는 그대로 진흙이 그득한 웅덩이 위로 쓰러졌다. 운이 지지리도 나빴던 그 녀석은 빠져나오려고 몸부림쳤지만, 그가 움직일 때마다 몸은 조금씩 더 깊이 빠져들었다. 코왈스키 집무실의 유리창도 반복되는 종이 군단의 맹렬한 공격에 산산조각이 나고 말았다. 유리탑 안에 있다가 기습 공격을 받은 뚱뚱이가 할 수 있는 일이라고는 아무것도 없었다. 전체적인 웅성거림 속에서 책들이 뚱뚱이 공장장의 물컹한 살에 떨어지면서 내는 둔탁한 소리가 길랭의 귀에까지 들렸다. 공장장이 질러대는 고함 소리는 1분 넘게 공장 안에 울려퍼지더니 완전히 잦아들었다. 길랭은 아무런 조짐도 보지 못했다. 전속력으로 튀어오른 사전이 오른쪽 무릎에 떨어지면서 그의 몸을 지탱하고 있던 다리가 균형을 잃었다. 두 번째 책 미사일은 삽의 손잡이를 박살냈다. 머리가 먼저 바닥에 닿으면서 쓰러진 그는 고통으로 신음했다. 크게 벌어진 그의 입속으로 밀려들어오는 진흙은 차곡차곡 그의 허파를 채워갔다. 그는 숨을 쉴 수가 없었다. 붙잡을

6시 27분 책 읽어주는 남자

뭔가를 찾아서 더듬거리던 그의 손가락에 어디에서 솟아 났는지 알 수 없는 밧줄이 잡혔다.

　침대 머리맡의 등이 협탁 밑으로 떨어져 깨지면서 루제 드 릴이 살던 어항도 천 조각 만 조각으로 산산이 부서졌 다. 양탄자에 떨어진 금붕어는 깨진 유리조각들 사이에서 지느러미들을 전방위로 움직이며 팔딱거렸다. 녀석이 몸 을 뒤챌 때마다 녀석의 작은 몸에서 떨어진 오렌지색 비늘 들이 공중으로 흩어졌다. 길랭은 개수대 설거지대에 놓여 있던 시리얼 대접을 집어 물을 채운 다음 죽어가는 루제 드 릴을 그 안에 넣어주었다. 최후의 경직을 일으키는가 싶던 녀석은 곧 아무 일도 없었다는 듯 정상적인 항해 리 듬을 되찾았는지, 불안해하는 길랭이 지켜보는 가운데 유 유히 대접 안을 한 바퀴 돌았다. 길랭은 얼굴을 찌푸렸다. 악몽에서 빠져나올 때 발생한 고약한 두통이 이마를 가로 질렀다. 놈은 그의 낮 시간을 망쳐놓는 것으로도 모자라는 지 요즘은 점점 더 자주 밤 시간마저 갉아먹었다. 그는 발 포성 아스피린 두 알로 아침 식사를 대신했다.

10시 10분. 글리신에서의 두 번째 낭송 모임이 그를 기다리고 있었다. 먼젓번과 같은 택시, 먼젓번과 같은 주행경로. 도착했을 때는 먼젓번보다 훨씬 더 열렬한 환영을 받았다. 그를 보자 할머니 몇 명이 현관 입구 층계까지 나와서 쉬지 않고 입을 놀리며 그를 에워쌌다. 의치들이 요란스러운 소리를 내며 맞부딪쳤다. 길랭은 방금 전에 머리가 아팠다는 사실조차 거의 잊어버렸다. 그는 좌우로 돌아가며 악수를 했다. 랭스 과자(biscuit de Reims, 프랑스 도시 랭스에서 18세기에 처음 만들어졌다고 하는 과자. 분홍빛으로 유명하다/옮긴이)처럼 분홍빛이 나는 부러질 것 같은 작은 손들. 사람들은 그의 볼을 살짝 두드렸고, 미소를 보내주었으며, 두 눈으로 잡아먹기라도 할 듯 뚫어지게 그를 바라보았다. 그는 글 읽어주는 사람, 좋은 말을 가져다주는 사람이었다. 그는 비냘 씨, 비닐 씨, 보냘 씨, 바뉼 씨였으며, 기욤, 귀스탱, 혹은 아주 짧게 기이기도 했다. 모니크가 한 주동안 이들 모두를 감염시킨 모양이었다. 길랭이 특별히 들라코트 자매 두 명에게만 포옹을 하자 두 자매는 기절이라도 할 것처럼 고마워서 어쩔 줄 몰라했다. 오드콜로뉴 향기와 헤어젤 냄새, 마르세유 비누 냄새가 났다. 몸이 성치

못해 넓은 홀에 남아 있던 사람들은 주변 분위기에 아랑곳하지 않고 제품에 늘어졌다. 언제가 될지 알 수 없는 떠날 날에 대한 기다림 속에서 살고 있는 이들이었다. 조제트에게 밀리고 모니크에게 이끌려 길랭은 두 줄로 앉아 있는, 이들 살아 있는 시체 같은 사람들 사이를 지나 식당으로 갔다. 오늘 모임을 위해서 공연장처럼 꾸며진 식당에 들어서자 그는 안도했다. 두 개의 탁자를 놓고 그 위에 안락의자를 놓으니 제법 연단 같은 분위기가 났다. 이런 식이라면, 한 달 후에는 나만을 위한 독립 좌석, 두 달 후에는 정원 한구석에 나의 조각상까지 들어서겠군. 길랭은 생각했다. 사람들은 서로 좀더 나은 자리를 차지하겠다고 떠밀고 투덜대고 다툼을 벌였다. 모니크가 나서서 자리 안내원을 자청하며 질서를 잡았다. 행사를 주관하는 여주인으로서 그녀는 이들의 청각 장애 정도를 비롯한 여러 장애를 고려하여 우선권을 부여했다. 지난번보다 훨씬 더 많아졌네. 길랭은 생각했다. 아마도 존과 지나가 이런 인기에 공헌을 했을 거야. 그는 빨리 낭송을 시작하려고 조바심치며 의자로 올라갔다. 보일 듯 말 듯한 고갯짓으로 모니크는 그에게 시작해도 좋다고 알렸다. 조제트도 확실한 눈짓으로 이를 재차 확인했다.

문서 4

공중 화장실을 관리하는 자는, 그것이 어떤 화장실이
건, 노트북의 자판을 두드려서 일기를 쓰리라고는 여겨지
지 않는다. 그저 아침부터 저녁까지 걸레질을 하고, 금속
부품의 광을 내고, 바닥을 문지르고, 때를 빼고, 헹구며,
화장실에 화장지를 채워놓는 일이나 할 줄 알지, 그외 다
른 일은 할 줄 모른다고 생각하는 것이다. 화장실 청소 아
줌마는 그저 청소나 할 것으로 기대하지, 글을 쓰리라고
는 꿈에도 생각하지 않는다. 사람들은 내가 십자 낱말풀
이나 숨은 단어 찾기, 온갖 종류의 틀 속에 숨어 있는 단
어 찾아내기 등은 할 수 있다고 쉽게 수긍한다. 또, 내가
한가한 시간에 그래픽 소설이나 여성 주간지, TV 잡지 같
은 것을 읽을 수 있다는 것도 얼마든지 인정한다. 하지만
내가 락스로 뭉개진 손가락으로 노트북의 자판을 두드려
나의 생각을 기록한다고 하면, 그 대목에서는 상당한 이
해심을 필요로 한다. 아니, 그 정도가 아니라 의심의 눈초
리마저 보낸다. 마치 무슨 대단한 오해 내지는 캐스팅 실

수가 아닌지 의아해하는 것이다. 아래 동네에서는 팁을 놓고 가는 접시 옆에 고작 10인치짜리 하찮은 노트북이라도 켜져 있으면 어쩐지 전체 풍경이 망가진다고 생각한다. 아, 처음에 나는 컴퓨터를 사용해보려고 했는데, 곧 언짢아하는 사람들의 눈길에서 이건 도저히 안 되겠다는 것을, 그 눈 속에는, 뭐랄까, 몰이해 내지는 거북함, 심지어 이 비정상적인 상황에 대한 단호한 거부감마저도 담겨 있다는 것을 깨달았다. 따라서 나는 사람들이 상대에게 기대하는 것은 대체로 단 한 가지, 그들이 상대가 이랬으면 하고 가지고 있는 이미지 그대로를 그들에게 보여주는 것임을 재빨리 알아차렸다. 내가 그들에게 제시하는 이미지 따위는 그들의 입장에서 보자면 딱 질색이었던 것이다. 그건 위 동네의 시각일 뿐, 이 아래 동네에서는 씨도 먹히지 않는 것이었다. 그러니 내가 이 지구에서 목숨을 부지하고 28년 동안 산 경험을 통해서 얻은 교훈이란, 옷이 신부를 만든다는 것이며 사제복 밑에 무엇이 숨어 있는지는 그다지 중요하지 않다는 사실이었다. 그후 나는 줄곧 환상을 선사한다. 속마음을 감추고 그들이 원하는 것을 보여준다는 말이다. 노트북은 얌전히 케이스에 넣어 시선이 닿지 않는 곳, 그러니까 내 의자 다리 옆으로 치워놓았다. 사람들은 최신형 노트북의 밝은 화면에 몰입 중인 젊은 아가씨보다는, 그 똑같은 아가씨가 패션 잡지 최신호에 나온 "무엇이 달라졌을까?" 퀴즈를 풀기 위해서 만년필 뚜껑을 입에 물고서 끙끙대고 있을 때 한결 쉽사리 팁을 준다. 이미 만들어져 있는 틀 속에 얌전히 들어가기, 다시 말해서 월급을 받고 내가 맡기로 한 화장실 청소 아줌마의 역할 속으로 들어가 각본대로 충실하게 연기하기. 그렇게 하면 모두가, 우선 나부터, 한결 편하다. 그리고 그렇게 해야 사람들은 비로소 마음을 놓는다. 이모가 늘 말했던 것—이모 어록 제11조—처럼, 마음을 놓은 손님은 심란해하는 손님보다 항상 인심이 후하다. 나는 공책 하나 가득 적어놓았다. 이모 어록 말이다. 초등학교 마지막 학년일 때부터 이모의 명언을 수집하기 시작해서 스프링 달린 공책 한 권이 꽉 차도록 기록해두었다. 나는 그 공책을 언제나 손닿는 곳에 둔다. 난 공책을 보지 않고도 거기 적힌 말들을 모두 외울 수 있다. 어록 제8조. 미소는 지을 때는 밑천 한푼 들지 않지만, 반대로 많은 것을 가져다준다. 어록 제14조. 심부름 백날 다녀봐야 큰돈 되지 않는다.

어록 제5조. 이건 가장 짧은 동시에 내가 가장 좋아하는 말이다. 오줌 누는 것은 장난이 아니다.

시간이 지남에 따라 나는 티 내지 않고 글 쓰는 방법을 터득했다. 책상 대신으로 사용하는 부실한 작은 테이블에 앉아, 패션 잡지들을 앞에 어지럽게 펼쳐놓은 가운데 수첩에 깨알같이 메모를 하는 것이다. 요컨대 한번에 왕창 가는 대신 조각을 내어 조금씩 앞으로 나아간다. 나는 하루도 글을 쓰지 않는 날이 없다. 글을 쓰지 않는 것은 마치 그날 하루를 살지 않는 것, 사람들이 나에게 강요하는 오줌-똥-토사물 청소 아줌마의 역할 속에 나 자신을 함몰시키는 것, 월급을 주며 떠맡긴 그 별 볼일 없는 기능만이 유일한 존재 이유인 시시한 여자임을 인정하는 것과 다를 바 없다.

길랭은 고개를 들었다. 청중들은 흡족해하는 눈치였다. 실내에 내려앉은 침묵은 전혀 무겁게 느껴지지 않았다. 가볍게 소화를 하는 데 필요한 시간이라고나 할까. 그는 세월의 흔적을 간직한 그 얼굴들에서 일종의 충족감을 읽을 수 있었다. 길랭은 그들과 함께 반들거리고 눈부시게 흰 쥘리의 세계를 나누게 되어 기뻤다.

"어디에서 일어나는 일이지?" 누군가가 떨리는 음성으로 입을 열었다. 이 질문이 나오기가 무섭게 기다렸다는 듯 숲속의 나무처럼 여기저기서 천장을 향해 팔이 올라갔다. 모니크가 도도한 질문의 흐름을 한 군데로 모을 사이도 없이 사방에서 답변이 터져나왔다.

"수영장." 한 할머니가 추측했다.

"온천 요양소." 이번에는 한 할아버지가 제안했다.

"공중 화장실." 맨 앞줄에 앉은 대머리 할아버지가 중얼거렸다.

"그런 소린 하나마나라고요, 모리스. 공중 화장실에서 일어나는 일이라는 건 우리 모두 다 알고 있어요. 그런데 공중 화장실이란 건 어디를 가나 있잖아요. 그러니 그런 소릴 해봐야 그 화장실이 어디 있는지는 우리가 알 수 없다고요."

"극장." 앙드레가 들뜬 목소리로 외쳤다. "그 늙은 여편네는 극장 화장실 청소부일 거야."

"어째서 늙은 여편네라는 거죠, 데데?"

"모리세트 말이 맞아요. 도대체 왜 늙었다는 거예요? 그 이유를 말해줄 수 있나요, 앙드레?" 지난번에도 그랬던 것처럼, 앙드레에게 독설을 쏘아대는 일이라면 기꺼이 동참하겠다는 의지가 담긴 듯한 분노의 음성이 터져나왔다.

"그 여자는 늙지 않았어." 정장을 입은 할아버지가 단호하게 말했다. "스물여덟 살이라고 정확하게 숫자까지 말하지 않았소. 더구나 그 여자는 컴퓨터도 가지고 있어요. 그걸로 글을 쓴단 말이야."

"그렇게 아무나 글을 쓴다면 세상이 제대로 돌아가고 있다고 어떻게 말할 수 있겠어?" 구석에 앉아 있던 영감님이 못마땅하다는 투로 툴툴거렸다.

"이보세요, 마르티네 씨, 당신이 현대 문학을 전공했다고 해서 문학을 당신 혼자 독점해야 하는 건 아니죠." 은퇴한 여교사가 신경질적으로 쏘아붙였다.

모니크는 자연스럽게 몸에 밴 권위로 논쟁을 중단시켰다. "자, 자, 모두 제발 기욤이 낭독을 계속할 수 있도록 해주세요."

길랭은 목구멍을 타고 올라와 터져나오려는 웃음을 꾹

삼키고 다음 글을 읽기 시작했다.

문서 52

목요일은 특별한 날이다. 이모의 날이니까. 슈케트 (chouquette, 프랑스 과자의 일종. 우리나라에서 슈크림 또는 베이비슈라고 부르는 과자에서 크림을 빼고 그 대신 위에 가루 설탕을 뿌린 것/옮긴이)의 날. 슈케트는 이모의 마약이다. 이모는 목요일마다 꼭 그걸 먹어야 한다. 슈케트 여덟 개, 다른 건 필요 없다. 나는 이모가 에클레르나 타르트 또는 밀푀유 같은 걸 들고 나타나는 것을 본 적이 없다. 그렇다, 항상 반죽을 적당히 부풀어오르게 한 뒤 그 위에 고운 가루 설탕을 뿌린 자그마한 여덟 개의 슈케트였다. 어째서 일곱 개나 아홉 개가 아니고 반드시 여덟 개여야 하는지, 그건 나에게 늘 수수께끼로 남아 있다. 여기까지 말하면 당신은 뭐 별로 대단할 것도 없다고 말할 것이고, 나도 그 점에는 동의한다. 그런데 정말로 특이한 것은 바로 지금부터이다. 이모는 그 간식을 집으로 들고 가서 텔레비전 앞에서 먹거나, 하다못해 가장 가까운 카페로 가서 비록 봉투째일망정, 뜨거운 코코아나 허브 차와 함께 먹는 적이 없다. 그렇다, 이모는 언제나 찌그러지기 쉬운 그 소중한 보물들을 가슴에 안고 이곳으로 곧장 직행한다. "너도 아는지 모르겠다만, 이것들은 다른 곳으로 가지고 가면 그 맛이 안 나." 하루는 이모가 이렇게 말했다. "나도 말이다, 몇 번이고 시도를 해봤거든. 나름 제일 멋지다는 곳에서도 먹어봤다, 이런 말이지. 바닥에 떨어진 빵 부스러기만 해도 제법 값이 나간다는 찻집에서도 먹어봤는데, 여기에서만 과자의 향이 제대로 살아, 오묘한 맛이 죄 느껴지더란 말이야. 천상의 음식 같은 그 맛. 장소가 음식의 풍취를 더해주는 것 같다고 해야 하나. 내 말이 무슨 말인지 알겠니? 여기에서는 내 슈케트들이 아주 예외적인 것이 되는데, 다른 데서는 그저 그런 정도, 그저 맛있는 정도에 그치더라고." 그 말 때문에 호기심이 발동해서 나도 한번 직접 체험해보고자 시도해보았다는 사실을 당신들에게 굳이 감추지는 않겠다. 슈케트를 가지고 실험을 한 것은 아니었다. 나는 슈케트는 좋아하지 않으니까. 대신 와플을 가지고 시도해보았다. 와플이라면 출출할 때 가끔 먹는다. 1층 크레이프 집 와플이 아주 맛있다. 나는 언제나 플레인을 선택하며, 일터로 돌아갈 생각에 마음이 급한 나머지 카운터에 서서 먹곤 한다. 하루는 아직 따뜻하고 바삭거리는 와플을 들고 와서 몇 번 화장실이었는지는 기억나지 않지만 하여간 그 안에 들어가서 먹었다. 어떤지 보기 위해서였다. 흐음, 나는 이모가 한 말이 완전히 틀린 것은 아니라는 결론에 도달했다. 뭔지는 모르겠지만 뭔가 달랐다. 타일들 속에 놓이니 와플이 한층 더 승화된 것 같았다고 해야 하나. 어쨌거나 나는 그렇게 맛있는 와플은 처음이었다. 슈케트에 관해서라면 이모의 수다는 끝도 없이 이어진다. "크림을 잔뜩 바른 도도한 케이크들이나 아몬드 반죽을 덮어쓰고선 제 몸치장 무게를 견디지 못하고 주저앉아버리는 거만한 비스킷들과는 비교가 되지 않지"라고 이모는 열을 올린다. 제과에 있어서 슈케트는 회화에 있어서 미니멀리즘이라고 할 수 있다! 이모는 듣고 싶은 사람은 들으라는 식으로 내지른다. 눈속임 같은 효과는 모두 벗어던진 슈케트는 우리에게 알몸 그 자체를 드러낸다. 장식이라고는 곱게 간 설탕 몇 알갱이가 전부이다. 본래 모습 그대로, 즉 그저 입으로 들어간다는 목적 외에 다른 거창한 포부 따위는 지니지 않은 소박하고 달달한 군것질거리. 오, 그런 이모의 말을 듣고 있노라면, 진정한 시인이 따로 없다.

"4번은 비워뒀니, 얘야?" 볼에 키스를 하면서 이모가
묻는다.

"네, 이모, 제가 언제나 이모를 위해서 4번을 비워두는
거, 잘 아시잖아요."

목요일이면 나는 4번 화장실을 바닥부터 천장까지 말
끔하게 닦고서 이모가 올 때까지 자물쇠를 채워둔다. 그
것은 이모가 누리는 특권이다. 이모는, 다른 사람들이 푸
케 식당(Le Fouquet's, 1899년 파리의 샹젤리제 거리에서 문을
연 유서 깊은 식당/옮긴이) 테이블이나 힐튼 호텔 스위트룸
을 독자적으로 누리듯, 이모만의 화장실을 가지고 있다.
나한테 재킷과 핸드백, 모자를 건네준 이모는 손에는 슈
케트가 든 봉투를 들고 겨드랑이에는 쿠션을 하나 끼고
종종걸음을 친다. 두 눈은 맛있는 것을 먹는다는 기대로
벌써부터 반짝거린다. 푹신한 쿠션을 변기 구멍 위에 깔
고서 거의 20분에 걸쳐 이모는 혀로 과자 반죽을 밀어올
려 입천장의 한가운데에서 반죽 속에 든 바닐라 향이 터
져나오도록 해가며, 이모의 소중한 보물들을 하나씩 삼킨
다. "사랑하는 쥘리, 너도 내 기분을 안다면 정말 좋겠는

데." 이모는 4번에서 나오면서 그렇게 말하곤 한다. "정말이지 너무 맛있구나!" 연달아 여덟 번의 약을 맞은 골수 마약 중독자나 다를 게 뭐람.

식당 입구 벽에 걸린 시계는 11시 25분을 가리켰다. 택시가 곧 도착할 것이었다. 청중들에게서는 서둘러 일상으로 돌아가려는 기색이 보이지 않았다. 열띤 대화가 이어지는 중이었다. 할머니들은 각자 자기 나름의 비법을 공개하며 슈크림 반죽 요리법들을 기억해내느라 분주했다. 계란이 몇 개 필요하고, 버터는 몇 그램을 넣어야 하는지, 얼마만한 크기를 택해야 먹기에 가장 적합한지 등. 일부는 엉덩이를 변기 구멍 위에 얹은 채 슈케트를 먹는 것이 과연 적절한 처신인지를 놓고 논란을 벌였다. 몇몇은 진짜 어이없는 생각이라고 나무라는가 하면, 반대로 점심에 나올 후식을 방으로 가져가 화장실 변기에 앉아 먹어보겠다는 사람들도 있었다. 길랭은 아쉬운 마음으로 푹신한 의자에서 엉덩이를 들었다. 그는 글리신 거주자들과 함께하는 시간이 점점 더 편하게 느껴졌다. 모니크와 조제트가 각각 그의 한 팔씩을 잡고 의자에서 내려오도록 도와주었다. 그는

6시 27분 책 읽어주는 남자

그때를 놓치지 않고 이봉에 대해서 이야기했다. 두 자매는 낭독자를 한 명 더 추가로 맞이하는 것이 기쁘다면서 모임 시간을 30분 연장한다는 조건하에 이봉이 오는 것을 수락했다. 길랭으로서는 반대할 이유가 없었다. 그는 두 자매를 얼싸안았다. 마지막으로 한 번 더 오드콜로뉴 향을 맡은 다음, 마침 자갈 깔린 통로 끄트머리에 모습을 드러낸 택시에 올랐다.

20

다섯 번째로 루제 드 릴이라는 이름을 얻은 금붕어 녀석은 그가 집을 비운 사이에 죽었다. 길랭이 글리신에서 돌아왔을 때, 녀석의 작은 몸은 시리얼 대접 옆에 떨어져 있었다. 임시로 마련해준 어항이 품위를 손상시키지 않으면서 지느러미를 놀리기에는 너무 좁아서 녀석은 미지의 세계로 나와 세상을 제대로 한 바퀴 돌아보고 싶었던 모양이었다. 바깥세상은 더 나은지 알아보려 했던 게지. 녀석이 마지막까지 간직했던 자유를 향한 꿈은 차가운 내 스테인리스 개수대에서 완전히 깨지고 말았군. 서글픔이 북받친 길랭은 생각했다. 그는 엄지와 검지로 조심스럽게 녀석의 작은 몸뚱어리의 꼬리 부분을 잡아 비닐봉투 속에 넣었다. 이른 오후에 밖으로 나간 그는 파비용수부아 쪽으로 방향을 잡았다. 그는 그 길이라면 이제껏 적어도 네 번은 왕복했으므로 눈 감고도 훤했다. 20분쯤 걸은 그는 우르크 운하를 가로지르는 다리 한가운데에서 걸음을 멈추고서 이미 차갑고 단단하게 식은 루제 드 릴의 몸뚱어리를 꺼내 평온하게 흘러가는 물 위로 던졌다. "네 몸의 가시들에 평화가 깃들기를, 잘 가라, 형제야."

그는 녀석들이 죽을 때마다 차마 그것들을 일반 오물들처럼 쓰레기 투입구에 던질 수가 없었다. 그가 보기에 녀석들은 단순한 관상용 금붕어 이상 가는 존재들이었다. 녀석들 각자가 아가미 부근에 그가 털어놓은 가장 내밀한 비밀들을 간직하고 있었다. 번듯하게 큰 강은 아니지만 우르크 운하 정도면 그가 녀석들의 시신을 위해서 찾아낼 수 있는 가장 고귀한 묏자리였다. 어둡고 깊은 물속으로 빨려들어가는 오렌지색 반점에 마지막으로 눈길을 준 다음 길랭은 얼른 몸을 돌려 잰걸음으로 걷기 시작했다. 15분쯤 후, 그가 애완동물 상점의 문턱을 넘어서자 입구에 매달린 작은 종이 명랑하게 울렸다. 수다스러운 앵무새들과 낑낑거리는 강아지들, 야옹거리는 새끼 고양이들, 날카로운 소리를 내는 토끼들, 삐약거리는 병아리들이 그를 맞아주었다. 금붕어들만이 침묵을 고수하며 뻐끔뻐끔 물거품을 수면으로 띄우는 것으로 환영 인사를 대신했다.

"무엇이 필요하신가요, 손님?" 여점원의 까칠한 목소리는 생김새와 딱 어울렸다. 냉랭하고 창백한 여자.

"금붕어 한 마리가 필요합니다." 길랭이 중얼거렸다. 필요하다, 바로 그랬다. 그는 정말이지 금붕어 중독을 앓는 사람이었다. 길랭은 침대 머리맡 협탁을 장식하는 이 말 못하는 빨간색 물고기 없이는 하루도 살 수 없었다. 이미 경험한 터라 그는 혼자 사는 것과 금붕어를 데리고 혼자 사는 것 사이에는 엄청난 차이가 있음을 누구보다 잘 알고 있었다.

"어떤 종류로 드릴까요?" 빈혈 환자처럼 핏기 없는 여직원이 두툼한 관상어 카탈로그를 열면서 물었다. "사자머리 종도 있고, 갈라진 긴 꼬리가 특징인 코메트 종, 머리 위에 혹이 난 오란다 종도 있죠. 그외 퐁퐁, 류킨, 슈분킨, 란츄, 블랙 무어 같은 것도 있어요. 블랙 무어는 짙은 색깔이 아주 특이하죠. 요즘 제일 잘나가는 종은 꼬리가 두 겹인 데다 눈이 머리 꼭대기에 붙은 셀레스트 종입니다. 완전 트렌드죠."

길랭은 여자에게 기본적인, 그냥 빨간 금붕어, 꼬리는 어항 안을 빙빙 돌기 위해서만 필요하니 하나만 달려 있으면 충분하고, 머리 양쪽 옆, 그러니까 있어야 할 자리에 눈이 하나씩 달려 있는 그런 녀석은 없느냐고 묻고 싶었다. 하지만 그렇게 묻는 대신 그는 주머니에서 제일 첫 번째 루제 드 릴, 그 녀석으로부터 모든 것이 시작되었으니 가문의 시조라고 할 수 있는 녀석의 구겨진 사진을 꺼내 여직원의 코앞에 대고 흔들었다. "그저 이 녀석과 똑같은 것을 찾고 있습니다." 그가 손가락으로 빛바랜 사진을 가리키며 말했다. 상대방은 노련한 눈으로 사진을 살피더니 그를 상점 안쪽에 놓인 커다란 수족관 앞으로 데려갔다. 그 안에서는 쉰 마리쯤 되는 잠재적 루제 드 릴이 파닥거리고 있었다. "마음에 드는 걸로 고르세요. 고르신 후에는 저를 부르시기만 하면 돼요. 가까이 있을 테니까요." 여자가 그에게 뜰채를 내밀며 말했다.

여직원은 흔해빠진 금붕어를 찾는 그에게 관심을 보이지 않았다. 사진을 손에 쥔 길랭은 그의 눈앞에서 팔딱거리는 오렌지 군단을 눈으로 살피며 가장 완벽하게 복제된 녀석을 찾았다. 금방 한 녀석이 눈에 들어왔다. 약간 밝아 보이는 옆구리 부분을 제외하면 색깔도 같고 지느러미도 같고, 턱없이 순해 보이는 눈도 같았다. 세 번을 실패하고 네 번째 다시 던진 뜰채는 성공이었다. 그는 여직원에게 어항도 하나 달라고 했다.

"원형으로 드릴까요, 사각형으로 드릴까요?" 여자가 물었다.

단조롭기 짝이 없는 원형 회전로를 택하느냐, 귀퉁이가 각진 산책로를 택하느냐, 참으로 괴로운 딜레마였다. 그는 마침내 평소대로 원형 어항을 택했다. 아무리 하찮은 금붕어라 할지라도 밤이나 낮이나 끊임없이 각진 모서리에 부딪치는 것보다 더한 형벌은 없을 것 같았다. 원룸으로 돌아온 길랭은 서둘러서 어항에 흰 모래를 깔았다. 그 위에 먼젓번 세입자, 즉 5번 루제 드 릴이 쓰던 작은 항아리와 인조 물풀을 넣었다. 곧 새로운 루제 드 릴은 동화 같은 배경 속에서 즐거운 듯 헤엄치기 시작했다. 어느 모로보나 녀석의 형제들과 닮은 그 작은 녀석에게서 영원성 같은 묘한 느낌이 전해져 길랭은 기분이 좋았다. 비록 순간에 지나지 않았지만 길랭은 여섯 번째 루제 드 릴의 눈

길 속에서 분명 앞서간 다섯 형제가 전하는 감사의 정을
보았다.

21

오늘 아침, 슬리퍼를 신고 잠옷 위에 트렌치코트를 걸친 노인은 괴로운 영혼처럼 154번지 일대를 방황하고 있는 중이었다. 개가 간밤에 엉덩이 부분이 마비되었다는 것이다. 녀석은 지금 동물 병원에서 입원 관찰 중이었다. "그 녀석이 다시 걸을 수 있을 때까지"라고 노인은 분명하게 말했다. "내 발튀스는 분명 다시 걸을 겁니다, 안 그렇소? 병원에서 녀석이 원기를 되찾게 해주겠죠?" 길랭의 팔을 꽉 움켜쥔 노인은 눈물을 가득 머금은 목소리로 애원하듯 간절하게 말했다. 길랭은 장담했다. 그럼요, 물론 그럴 겁니다. 그 녀석이 뒷다리를 더 이상 못 쓰게 될 까닭이 없지 않습니까? 비록 마음속으로는 그 개가 분명 이제 살 만큼 살았으니 다섯 번째 루제 드 릴처럼 동물들의 천당으로 갈

날이 멀지 않았다고 생각했으면서도 말이다. 개들이 늙으면 거의 언제나 뒷다리부터 죽어가기 시작한다는 것은 널리 알려진 사실이다. 길랭은 노인과 헤어지면서 마지막으로 마치 애도의 말처럼 들리는 인사를 건넨 뒤에 역으로 향했다. 그는 꾸밈이라고는 없는 진실된 기쁜 마음으로 보조의자에 앉았다. 쥘리를 만나고 싶은 마음에 손가락에 불이 나는 것 같았다.

문서 17

토요일은 항상 수요일과 더불어 일주일 가운데 가장 바쁜 날이다. 더구나 그 토요일이 세일 마지막 날과 겹칠 때는 그야말로 죽음이다. 그런 날에는 쇼핑몰 전체 10만 제곱미터의 면적으로도 도저히 그 많은 사람들을 수용할 수 없을 것 같은 느낌이 든다. 쇼핑몰 개장 시간부터 내내 대만원인 것이다. 하루 종일 고객들이 떼를 지어 내 영역으로 들어와서 그들의 오줌과 똥, 혈액, 심지어 토사물까지 쏟아놓는다. 나는 가끔 그들이 온전한 하나의 전체로서의 존재가 아니라 다리 위에 얹힌 항문과 위, 내장, 오줌보들로만 보일 때도 있다. 나는 쇼핑몰이 말 그대로 개미굴처

럼 보이는 이런 날, 손님이 왕창 몰리는 날들을 특별히 싫
어하는 것은 아니다. 하지만 이 모든 열기는, 예외적으로
수입이 많아질 조짐에도 불구하고, 나를 불안하게 만든다.
그런 날에는 상황에 압도당하지 않으려면 쉴 새 없이 이
리 뛰고 저리 뛰어야 한다. 각 화장실마다 화장지가 떨어
지지 않도록 비치해야 하고, 틈나는 대로 출입문 문짝을
닦아야 하며, 정기적으로 락스 덩어리를 소변기에 넣어야
한다. 최대한 자주 팁 접시 옆을 지켜야 하는 것은 두말할
필요도 없다. 감사합니다, 또 오세요. 감사합니다, 좋은 하
루 보내세요. 안녕하세요, 감사합니다, 안녕히 가세요. 그
야 뭐, 많은 사람들이 아무도 보지 않으면 그들의 후한 인
심을 증명해 보이지 않기 때문이다. 이모 어록 제4조. 자
리를 비운 거지에게는 빈 동냥통. 오늘은 인류 전체가 내
영역을 통과한 것만 같은 기분이다. 나는 등허리가 휘고,
콧구멍은 암모니아와 락스 냄새로 범벅이 된 파김치 상태
로 철문을 닫으면서 그렇게 생각했다. 나는 이렇듯 손님
들이 몰려오는 미친 날보다 고객들이 드문드문 이어지는
잠잠한 주중의 아침 시간을 좋아한다. 그런 날이면 나는
잠시 글쓰기나 잡지책 보기를 멈추고 손님들이 내는 소리

를 듣기도 한다. 숨을 멈추고 두 눈을 감은 채 나는 모든 주의력을 화장실에서 나는 소리에 집중하기 위해서 쇼핑몰이 쉬지 않고 토해내는 으르렁거림 따위는 완전히 무시한다. 그간 나의 청각은 시간과 더불어 점점 예리하게 단련되었기 때문에 요즘의 나는 닫힌 문을 통해서 나에게로 전달되는 각각의 소리를, 그 소리들이 아무리 작고 미세하다고 할지라도, 추호의 망설임도 없이 분석할 수 있다. 락스로 항균 처리하는 일이라면 모르는 것이 없는 이모는 이 소리들을 크게 세 개로 분류했다. 우선 이모가 고귀한 소리라고 부르는 소리들이 있다. 허리띠의 금속 부분을 풀 때 나는 조심스러운 마찰음, 지퍼를 내릴 때 나는 가볍게 이어지는 소리, 똑딱단추를 열 때 나는 딱딱하게 끊어지는 소리, 여기에 실크나 나일론, 면, 그 외에도 다양한 종류의 헝겊들이 피부를 문지르거나 구겨지면서 발생하는 사각사각, 바스락바스락 같은 소리들을 더해야 한다. 다음으로는 이모가 병풍 소리라고 부르는 부류가 있다. 어색함이나 거북함을 감추기 위한 헛기침 소리, 괜히 즐거운 척하며 불어대는 휘파람 소리, 변기 물 내리는 소리 등으로, 이는 다음에 나올 세 번째 부류, 즉 본질적인 활

동으로 인한 소리에 속하는 위장에 찬 가스를 배출하는 소리, 꼬르륵 소리, 졸졸 흐르는 물소리, 도자기에 물 떨어지는 소리, 높은 곳에서 낙하하는 소리, 두루마리 화장지 둘둘 푸는 소리, 화장지 찢는 소리 등을 은폐하기 위한 소리들이다. 나는 여기에 마지막 부류를 하나 더 추가하고 싶다. 드물게 듣는 소리이기는 하지만, 아, 얼마나 흥미진진한 소리인가! 바로 편안함의 소리들이다. 만족함에서 비롯되는 수줍은 소리들과 안도의 한숨은 때때로 너무 오래 참아왔던 물줄기가 폭포가 되어 사기 변기에 쏟아져나올 때 혹은 뱃속을 가득 채우고 있던 것이 산사태처럼 요란한 소리를 내며 몸 밖으로 빠져나올 때면 천장까지 뚫을 기세로 치솟는다. 나는 오줌통이나 뱃속을 비우려는 생리적 욕구로 인해서 더할 나위 없이 약자의 처지가 된 상태로 이곳을 찾는 사람들이 사랑스럽게 느껴질 때도 있다. 그 사람들이 내 시야에서 사라져 화장실 문 뒤쪽에 머무는 그 짧은 시간 동안만큼은, 그들의 신분이나 사회적 지위의 고하가 어떻든, 나는 그들이 태초의 시간으로 돌아왔음을, 엉덩이를 구멍 쪽으로 향하고, 포도주 병따개처럼 돌돌 말린 바지는 종아리까지 내리고, 바야흐로 괄

177
6시 27분 책 읽어주는 남자

약근을 열기 위해서 무진 애를 쓰느라 이마에는 진땀마저 송글송글 맺힌 모습으로 자연적인 생리 현상을 해결하는 포유동물의 상태로 돌아왔음을, 위 동네 세계와는 멀리 떨어져서 홀로 고독하게 자기 자신과 마주하고 있음을 안다. 아, 잠깐, 이곳에 오는 사람들이 나에게 그들의 뱃속이나 오줌보에 들어 있던 내용물만을 남기고 가는 것은 아니다. 나에게로 와서 그들이 떠안은 모든 불행까지도 털어놓음으로써 마음마저 홀가분하게 비우고 가는 사람들을 보는 일도 드물지 않다. 나는 그 사람들의 이야기를 듣는다. 나는 그 사람들이 세상을 향해 품고 있는 원한을 쏟아내고, 그들의 남루한 삶의 물기를 말끔하게 짜버리고, 나에게 그들을 괴롭히는 모든 종류의 골칫거리를 떠들어대도록 내버려둔다. 비밀을 털어놓고, 하소연을 하고, 울음을 터뜨리고, 질투심을 폭발시키며, 두서없이 이 얘기 저 얘기를 주절거리게 내버려둔다. 이모 어록 제12조. 화장실은 사제 없는 고해실이다. 다행스럽게도 그저 다른 사람과 대화를 나누는 소박한 기쁨을 위해서 부담 없는 이야기 몇 마디만 하는 사람들도 있다. 그런 사람들에게 나는 그들의 고민거리를 툭 던질 수 있는 두 개의 귀일뿐이다. 몇몇 유명 식당에서 하듯이 나도 출구에 방명록을 하나 비치해두었다. 나한테 동전 한 닢을 던져주는 것 말고도 그들이 이곳을 다녀갔다는 흔적을 간단한 말로 남길 수 있도록 하기 위해서이다. 저녁마다 문을 닫는 시간이면 나는 그물을 거두고 거기에 걸린 사랑의 말, 증오의 말, 아주 좋은 말에서 아주 나쁜 말에 이르기까지 모든 스펙트럼을 보여주며 언제나 나에게 세상의 어느 백과사전보다도 인간의 본성에 대해서 많은 것을 가르쳐주는 그 말들을 훑는다.

"청결함에 브라보. 이자벨."

"단순한 공중 화장실이 아니라 청결함이 굉장히 잘 유지되는 안식처. 앞으로도 계속 그렇기를. 르네."

"이년아, 넌 공부나 하지 그랬냐! X."

"화장지가 약간 뻣뻣하지만, 나머지는 완벽해요. 마르셀."

"지나갈 일이 있으면, 나무랄 데 없는 청결함 때문에라도 이곳에 다시 오고 싶을 것 같네요. 그자비에와 마르틴, 그리고 두 사람의 자녀 토마와 캉탱."

"내 거시기나 빨아라, 개자식."

"왕과 철학자들도 똥을 누었으며, 귀부인들도 마찬가지이다. 몽테뉴."

"손님들을 위해서 화장실 입구에 잡지를 비치해두면 좋을 것 같아요. 그리고 한 가지 비누를 강요하는 것은 유감스럽군요. 내 생각에 비누의 향을 선택할 수 있으면 흥미로울 것 같아요. 청결함으로 말하자면, 그건 수준급이네요(타일 연결 부위에 약간의 땟자국이 보이더군요. 화이트 식초를 써보세요). 마들렌 드 보르뇌유."

"난 네 변소간에서 몸 파는 너를 생각하며 용두질을 했다."

열차 안 여기저기에서 산발적인 웃음이 터져나오더니 이내 노골적인 불쾌감을 나타내는 항의 소리에 묻혀버렸다. 길랭은 고개를 들었다. 열차에 타고 있던 대부분의 승객들이 눈짓으로 그에게 계속하라는 응원을 보냈다. 그는 잠시 미소를 짓고는 이내 쥘리의 다른 파일을 그들 앞에 펼치기 시작했다.

문서 23

나는 아무것도 장담하고 싶지는 않지만, 내가 보기에

그것은 분명 자라났다. 아, 뭐 그다지 많이는 아니고, 그저 몇 센티미터 정도에 불과하지만, 그래도 이런 속도라면, 이번 10년이 끝나기 전쯤에는 여자 쪽 거울에 닿을 것 같아 보인다. 이모는 균열이 30년 전, 중앙 계단을 허물고 그 자리에 에스컬레이터를 설치할 무렵에 벌써 나타났다고 했다. 망치와 곡괭이로 부수는 작업을 시작하자마자 개수대 아래 북쪽 모서리에서 조짐을 보이기 시작해서 야금야금 번져나갔을 것이다. 당시에는 별로 크지 않았다. 머리카락 굵기만 한 것이 풀잎만 한 길이도 채 되지 않았는데, 가느다란 짙은 금을 아로새겨가며 타일의 거대한 백색 공간을 가로지르는 과정에서 점차 굵어졌다. 균열은 그후 한순간도 멈추지 않고, 무슨 일이 있건, 어떠한 장애물을 만나건, 원래의 궤도에서 조금도 이탈하지 않고 끈질기게 앞으로 나아가는 중이다. 미테랑 대통령 시절에 처음으로 생겨나서 러시아 군대가 아프가니스탄을 떠나기 직전에 1미터 길이로 자라났으며, 교황 요한 바오로 2세가 선종할 무렵에 2미터에 도달했다. 지금은 거의 3미터에 육박한다. 균열은 마치 얼굴에 새겨진 주름 같다. 시간이 지나간 흔적이라는 말이다. 나는 무슨 일이 있건 동요하지 않고 제 길을 가면서 지구야 딸꾹질을 하건 말건 자기 나름의 발자취를 남기는 이 균열이 마음에 든다.

전철이 역에 정차하고 사람들이 열차에서 내릴 때 누군가가 열차 밖에서 이 광경을 관찰했다면, 그 사람은 분명 길랭의 청중들이 다른 열차 칸의 승객들과 얼마나 다른지 쉽게 알아차릴 수 있었을 것이다. 그의 청중들의 얼굴에서는 다른 승객들의 얼굴에서 나타나는 무심함, 무표정이 엿보이지 않으니까. 모두들 엄마 젖을 충분히 먹은 갓난아기들처럼 흡족한 표정을 짓고 있으니까.

22

　길랭이 주세페의 집 초인종을 울렸을 때는 벌써 저녁 7
시였다. 노인이 늦은 오후 무렵 직장으로 전화를 걸어 길
랭을 찾는 것은 매우 드문 일이었다. 주세페는 코왈스키에
게 전화를 해서 길랭을 바꿔달라고 요청했다. 여느 때보다
도 유달리 뚱한 펠릭스의 음성이 이어폰 속에서 들렸다.
그는 누군가가 근무 시간에 자기 직원들을 방해하는 것을
무지 싫어했다. "비뇰, 전화 받아."

　길랭은 도대체 누가 자기를 찾는지 궁금해하면서 뚱보
가 내미는 전화기를 받아들었다.

　"일 끝나고 잠깐 들러주겠나?"

　"그러죠, 그런데 왜요?"

　주세페는 전화기 속에서 대답이라고는 "와보면 알아"라

고만 하더니 전화를 끊어버렸다. 저녁에도 주세페는 식전 반주를 마시는 내내 궁금증을 증폭시키려고 애를 썼다. 하지만 길랭이 보기에 노인은 조바심이 나서 좌불안석이었다. 공연히 의자의 바퀴를 신경질적으로 앞뒤로 움직이는가 하면, 피스타치오나 땅콩을 집어 먹는 간단한 동작에서도 실수 연발이었으며, 휠체어에서 잠시도 가만히 앉아 있지 못하고 몸을 꼬았다. 도저히 못 참겠다 싶어진 길랭이 주세페의 집에 도착했을 때부터 입을 근질근질하게 만든 질문을 마침내 입 밖으로 쏟아냈다. "모스카토나 마시자고 저를 오라고 하신 건 아니잖아요. 그렇죠, 주세페?"

"자네가 없는 동안에도 내가 손을 놓고 있지 않았다는 것쯤은 자네도 잘 알지 않나, 애송이." 장난기를 가득 머금은 노인의 두 눈이 반짝반짝 빛났다. 주세페는 길랭 앞에서 휠체어의 방향을 돌리더니 그에게 따라오라면서 서재로도 사용되는 그의 침실로 갔다. 방 안은 온통 난장판이었다. 여러 개의 높다란 서류 기둥에 눌려 그다지 튼튼하지도 않은 책상이 아예 잘 보이지도 않았다. 자리를 만들기 위해서 컴퓨터와 프린터는 방바닥으로 밀려났다. 의료용 침대도 서류 쓰나미를 피하지 못했는지, 종이 뭉치로 뒤덮여 있었다. 벽에는 휠체어 높이쯤 되는 위치에 파리와 파리 교외지역을 상세하게 담은 대형 지도가 붙어 있었다. 지도에는 손으로 일일이 적어넣은 표시들이 빼곡했다. 군데군데 빨간 사인펜으로 대충 친 동그라미들이 눈에 띄는가 하면, 똑같은 빨간 동그라미 중에는 줄이 쫙 그어진 것들도 보였다. 이름에 밑줄이 쳐진 도시도 있고, 이름이 지워진 도시도 있었다. 개발새발 갈겨써서 주세페 말고는 아무도 알아볼 수도 없는 글씨들로 채워진 포스트잇이 파리와 그 주변 곳곳을 꽃처럼 수놓았다. 요컨대 지도에는 지운 자국, 고쳐쓴 자국, 따붙인 자국이 가득했다. 방 안은 전시 야전사령부 같은 분위기였다.

"이 어지러운 것들은 다 뭐예요, 주세페?"

"아, 이건 말이지, 이건 저절로 된 게 아니야. 목록을 작성하는 데만도 꼬박 이틀이 걸렸고, 선별해서 자료를 가다듬는 데도 그만큼 걸렸지. 쉽진 않았지만, 이 정도면 그래도 나 스스로에게 만족해. 오늘 아침에 끝났네."

"뭐가 끝났다는 건데요?"

"뭐긴, 자네의 그 쥘리 말이지. 자넨 그 아가씨를 찾고 싶은 건가, 아닌 건가? 자네, 그거 아나, 내가 말이지, 단

하나의 단서도 놓치지 않으려고 그걸 세 번이나 모조리 읽었다, 이 말일세. 단서라고 할 만한 것이 너무 없어서 말이야. 그 아가씨는 세부 묘사에 너무 인색하더군. 72개나 되는 파일 중에 본인의 성(姓)이나 일하는 도시 이름을 명시한 적이 단 한번도 없으니. 그야말로 대가의 면모야. 하지만 이 주세페의 의지를 꺾으려면, 그 정도 가지고는 어림없지."

주세페가 낱장 한 장을 길랭의 손가락 사이에 끼워주며 말을 이었다. "난 여기서 시작했네. 우리는 그 아가씨 이름이 쥘리이며, 화장실 청소부로 일하고, 나이는 스물여덟 살이며, 1년에 한 번, 춘분 때 타일을 세는데, 그 개수가 14,717개라는 사실을 알고 있어. 난 특히 문서 4, 9, 11에 나타난 단서에 주목했지, 그게 제일 중요하니까. 그 아가씨가 일하는 화장실은 쇼핑몰 안에 있다는 점 말일세. 그 쇼핑몰은 면적이 10만 제곱미터이고 문을 연 지 최소한 30년은 되었지. 균열로 미루어볼 때 말이야."

길랭은 자기 눈앞에 놓인 짧은 목록을 도저히 믿을 수 없다는 듯 물끄러미 바라보았다. 문서 4, 9, 11에서 찾아낸 단서에는 초록색 밑줄이 그어져 있었다. 주세페는 압정으로 벽에 고정시켜놓은, 알록달록한 지도가 완성되기까지 그가 사용한 방법을 길랭에게 설명했다. 인터넷을 통해서 파리와 주변 일드프랑스 지역의 대형 쇼핑몰을 하나도 빠뜨리지 않고 찾아낸 결과, 거의 작은 원을 형성하며 분산되어 있는 열여덟 곳의 점이 그려졌다. 그 다음으로는 그 열여덟 곳의 설립연도를 살펴 최근에 세워진 곳은 제외시켰다. 이 과정에서 오베르빌리에의 르밀레네르, 마르느라발레의 발되롭, 리외생의 카레세나르가 제외되었다. 이 세 곳은 모두 생긴 지 얼마 되지 않은 쇼핑몰이었다. 두 번째 여과 기준인 면적을 적용하니 총 여덟 곳만 남았다. 여기서 주세페는 막대자로 지도 위에서 위치를 짚어가며 자랑스럽게 운 좋은 그 여덟 곳의 이름을 댔다. 그의 입에서는 이름과 동시에 각 쇼핑몰의 신상명세도 줄줄이 따라나왔다.

"올네의 오파리노르, 1974년에 설립, 9만 제곱미터. 10만이 채 되지 않는다는 것은 나도 알지만, 그래도 혹시 모르니 살려두었지. 로니 2, 1973년 개장, 10만6,000제곱미터. 크레테유 솔레유, 1974년, 12만4,000제곱미터. 티에의 벨에핀, 1971년, 14만 제곱미터. 너무 큰 감이 없지 않지만 그래도 통과. 에브리 2, 1975년, 정확하게 10만 제곱미터. 벨리지 2, 1972년, 9만8,000제곱미터. 쉐네의 팔리 2, 1969년, 9만 제곱미터. 올네와 마찬가지로 약간 작긴 하지만 이것도 통과. 마지막으로 라데팡스의 레카트르탕, 1981년, 11만 제곱미터. 지금 말한 쇼핑몰들은 전부 공중 화장실을 갖추고 있긴 한데, 화장실 청소 아줌마가 존재하는지 아닌지는 확인할 길이 없었어. 그런 정보는 어디에도 없는 것을 보면, 그런 건 금기 사항인지도 모르지."

길랭은 나이 든 친구의 효율 만점인 조사에 크게 감격했다. 그는 작은 빨간 동그라미들을 뚫어져라 응시했다. 그것들을 이으면 북동쪽의 올네에서 수도 파리를 남쪽으로 우회하여 서쪽의 낭테르에 이르는 예쁜 타원이 그려졌다. 에브리만 유일하게 이 상상 속의 타원에서 약간 벗어나서 지도 아래쪽에 고립된 형국이었다. 쥘리가 지방도시에 위치한 쇼핑몰에서 일할 수도 있다고 길랭이 이의를 제기하자, 주세페는 기다렸다는 듯이 신이 나서 반박했다. "그 USB 말이야, 자넨 그걸 파리-보르도 간 고속철도나 파리-리옹 간 고속철도에서 주운 게 아니지 않나. 자넨 그

걸 분명 수도권 전철에서 주웠으니, 자네가 찾는 그 쥘리는 우리가 사는 근처에서 뒷간 청소를 할 확률이 높지 않느냔 말이지! 내가 자네라면, 오파리노르와 로니 2부터 뒤져볼 걸세. 거기가 제일 가까우니까."

두 사람은 나머지 시간을 텔레비전 앞에서 주세페가 마련한 이탈리아식 모둠 요리를 먹으며 보냈다. 헤어지려는 순간, 길랭은 노인에게 일의 진척 상황을 알리겠다고 약속했다. 그는 소중한 쇼핑몰 명단을 조심스럽게 접어서 재킷 주머니 속에 넣고 집으로 돌아왔다. 루제 드 릴 6세가 어항 수면에 떠다니는 사료를 한 알갱이씩 삼키는 동안 길랭은 녀석에게 여덟 군데 쇼핑몰 이름을 들려주었다. 십자가 고행 길에서 그의 모든 희망을 간직하고 있는 여덟 개의 정거장.

23

길랭은 종횡무진 쇼핑몰을 뒤지면서 그 주의 초반부를
보냈다. 근무가 끝나는 즉시 체르스토르에서 빠져나온 그
는 잽싸게 작업복을 벗어던지고 샤워조차 하지 않고 부랴
부랴 버스나 전철 등, 그날의 목적지에 따라 가장 먼저 도
착하는 것을 타기 위해서 공장을 빠져나갔다. 월요일에는
올네의 오파리노르, 화요일에는 로니 2, 수요일에는 크레
테유 솔레유, 그리고 바로 전날 저녁에는 라데팡스를 각각
방문했다. 덕분에 신기루가 하나씩 사라져갔다. 궁금증에
조바심까지 발동한 주세페는 저녁마다 조사 결과를 물었
다. "어떻게 됐어?"

"어떻긴요, 아무것도 못 건졌어요." 그는 매번 풀죽은
목소리로 대답했다. 네, 분명 화장실은 있었어요. 네, 화장

실에 청소 담당자도 있긴 했는데, 어느 모로 보나 스물여 덟 살 먹은 젊은 아가씨하고는 거리가 멀더군요. 올네에 서는 퉁명스러운 할머니, 로니에서는 말라비틀어진 콧수 염 남자, 라데팡스에서는 웃기 좋아하고 알록달록한 무늬 의 부부(boubou, 아프리카의 전통 의상/옮긴이)를 입은 코트디 부아르 출신 여자, 그리고 마지막에는 머리를 박박 밀고 온몸을 피어싱으로 장식한 어린 여자애를 만났거든요. 주 세페는 길랭보다도 더 낙담하는 눈치였다. "그러면 안 되 지." 그는 혼잣말처럼 중얼거렸다. "그 아가씨가 있어야 하는데, 그 아가씨는 반드시 거기 있어야 한다고." 내일은 또다른 날이잖아요. 길랭은 이렇게 말하고 전화를 끊은 뒤 잠자리에 들었다.

오늘 아침에는 슬리퍼를 신고 잠옷 위에 트렌치코트를 걸친 노인이 따뜻하게 길랭에게 아는 척을 했다. 그의 개 발튀스가 돌아왔다는 것이었다. 자기가 좋아하는 플라타 너스 밑동을 모처럼 적셔주고자 낑낑대는 그 발튀스가 다 나아서 돌아왔단다. "당신 말이 맞았소." 행복에 찬 노인 은 길랭이 다가오자 친근하게 그의 어깨를 툭 치며 말했다. "병원에서 발튀스 이 녀석을 고쳐주었지요. 좀 보시오, 아주 건강하잖소." 길랭은 의심스러운 눈초리로 녀석을 살폈다. 녀석은 앞다리에 비해서 약간 주저앉은 뒷다리를 여전히 질질 끌고 다녔다. 죽음이란 원래 저런 거야. 길랭은 생각했다. 죽음은 때때로 짧은 창으로 슬쩍 찔러보는 것으로 만족하고 돌아서서 다른 볼일을 보러 가기도 하지. 그러나 그 빌어먹을 놈은 한번 시작한 일은 언제가 되었든 반드시 끝장을 보고 만다는 것을 그는 추호도 의심하지 않았다. 그래도 길랭은 녀석이 완치되었다는 사실을 그날의 좋은 징조로 받아들였다. 오늘도 열차 안에서 쥘리의 글을 읽다 보니 그 믿음은 한층 더 단단해졌다.

문서 45

이것은 그다지 자랑스러워 할 일은 아니지만, 어쨌거나 그렇게 되었다. 내가 기어코 10시 뚱보에게 한 방 먹인 것이다. 내가 한 방 먹였다고 할 때는, 아주 넓은 의미로 이해해야 한다. 그렇게 하기 위해서는 내 친구 조지를 가담시켜야 했는데, 조지는 대번에 나의 공범이 되어주겠다고 했다. 아, 그렇다고 내가 뭐 조지에게 대단한 것을 요청한 건 아니다. 그저 나한테 그녀 인생의 15분 정도만 할애하라고 했을 뿐이다. 그 배불뚝이를 자빠뜨리기 위해서라면, 내가 제일 좋아하는 머리 감겨주는 여자 조지는 휴가를 내서 하루 온종일이라도 기꺼이 내주었을 것이라고 나는 믿는다. 나는 이모 어록 제3조에서 아이디어를 얻었다. 화장실에서는 언제나 화장지를 쥔 쪽에 권력이 있다. 기술적 측면에서, 함정을 만들기는 어렵지 않았다. 화장지를 감아놓는 롤 디스펜서 용기를 열어서 그 안에 들어 있는 두루마리 휴지를 꺼낸 다음 롤러에 테이프로 화장지를 딱 한 장만 붙인다. 그런 다음 다시 용기 뚜껑을 덮고 휴지가 나오도록 만들어진 틈 사이로 그 한 장의 휴지 끝이 살짝 삐져나오도록 해놓기만 하면 되는 일이었다. 그러면 화장지가 있는 줄 알고 안심할 테니까. 중고등학교 시절에나 주로 하는 고전적인 장난이다. 실행의 측면에서는, 내가 만든 덫이 무고한 다른 손님이 아닌 10시 뚱보를 확실하게 물어야 할 필요가 있었고, 바로 그 때문에 조지의 가담이 필수적이었다. 말하자면 이렇다. 조지가 휴대전화를 손에 들고 10시 뚱보가 편애하는 화장실에 미리 들어가서 자리를 잡고 기다리면, 내가 그 꼴도 보기 싫은 작자가 도착하는 대로 조지에게 문자를 보내 이를 알려준다. 10시 정각이 되자 그자의 육중한 발걸음이 계단을 쿵쿵 울렸다. 밝은 베이지색 양복에 갈색 셔츠 차림이었다. 내가 연락을 하자 조지는, 좀더 실감나는 연기를 하자는 차원에서, 변기 물까지 내린 다음 고개를 푹 숙이고서 화장실에서 나왔다. 그 미스터 곱빼기 비곗덩어리는 분명 혐오스럽기 짝이 없는 아침의 원죄 덩어리를 내 영역에 싸질러놓으려는 데만 골몰한 나머지, 여자가 남자 화장실에서 나왔다는 사실조차 눈치채지 못했을 것이라고 확신한다. 조지는 작전의 진행 추이를 살피기 위해서 내 곁에 머물렀다. 나는 당신에게 세부적인 내용까지 시시콜콜 늘어놓는 수고는 하지 않으려다. 하지만 8번 화장실에서 들려오는 소리를 들어보건대, 그자는 다른 어느 때보다도 기세 좋게 뱃속을 비웠다. 덕분에 그 뒤로 이어진 침묵이 한층 돋보였다. 두루마리에 붙여놓았던 단 한 장의 화장지가 테이프로부터 떨어져나오는 소리마저도 내 귀에 들리는 것 같았다. 2분도 채 못 되어 10시 뚱보는 셔츠를 반쯤만 바지춤에 넣고 보름 지난 상추보다 더 후줄근해진 재킷을 걸치고는 붉으락푸르락한 얼굴로 8번에서 뛰쳐나왔다. 그는

6시 27분 책 읽어주는 남자

남극의 얼음을 가로지르는 펭귄처럼 뒤뚱거리며 천천히 내 영역을 관통했다. 그때 처음으로 나는 그의 시선을 붙들 수 있었다. 그것은 충격 상태에 놓인 사람, 방금 자기 손으로 자기 자존심에 자기 똥을 처바른 사람의 시선이었다. 나는 그가 지나갈 때 고갯짓으로 팁 접시를 가리키며 큰 맘 먹고 "봉사료, 감사합니다"라고 말했다. 10시 뚱보는 접시에 한푼도 놓지 않았다. 그는 어디에다 무엇을 놓고 말고 할 상태가 아니었다. 똥 싼 놈의 엉거주춤한 걸음걸이로 계단을 올라가는 그자가 조지와 나에게 제공한 구경거리는 내가 지금껏 받은 팁 중에서 가장 근사한 팁으로 기억될 것이다.

처음에는 깜짝 놀랐던 길랭은 열차 안에서 계속적으로 울려퍼지는 사람들의 박수에 미소로 화답했다. 젊은 아가씨의 복수가 청중들에게 희열을 선사했다. 길랭은 수치심으로 얼굴이 붉으락푸르락해진 코왈스키의 이미지를 머리에서 지우려고 고개를 세차게 흔들었다. 그런 다음 정신을 집중해서 다음 글을 읽기 시작했다.

6시 27분 책 읽어주는 남자

문서 70

스피드 데이팅(speed dating). 이 말은 얼핏 들으면 전혀 공격적이지 않지만, 그래도 난 어쩐지 이 말이 겁난다. 조지도 그 사실을 잘 안다. 며칠 동안 커피와 크루아상을 먹을 때마다 나를 졸라 기어코 그녀가 사랑의 만남이라고 부르는 이 모임에 가입하도록 했으니까. 전단지에는 오직 까다로운 독신자들만이 1회당 20유로에 음료수는 공짜라는 형식으로 참석할 수 있다고 적혀 있었다. 무엇에 홀려서 내가 거기에 가입했는지 잘 모르겠다. 어쩌면 좀처럼 수그러들지 않는 조지의 열광적인 태도 때문이었을 것이다. 아니면 여전히 백마 탄 왕자님을 기다리며, 그 때문에 가끔 분수에 동전을 던지기도 하는 어린 소녀의 치기 때문이었을까? 조지는 나에게 이렇게 반문했다. 거기 가입한다고 너한테 무슨 위험이 따르는데? 건질 만한 게 있나 보려고 그저 재미 삼아 나온 멍청이를 만나게 되는 거? 설사 그런 고약한 상황이 벌어진다고 해도, 넌 그걸 알아차릴 만큼은 똑똑하니까, 그 자식에게 집에 가서 고독한 카우보이마냥 혼자 자위나 하라고 차버리면 되잖아. 조지가 말을 하면 항상 모든 것이 단순명쾌해진다는 장점이 있다. 스피드 데이팅이라는 말에서 나를 어쩐지 불편하게 하는 것은 특히 스피드라는 말이다. 빨리빨리 하는 것이 잘하는 것이라는 생각이 들게 만들기 때문이다. 난 그게 그다지 마음에 들지 않는다. 꼭 수토끼와의 짝짓기를 위해서 토끼장에서 꺼내지는 암토끼 같다는 기분이 들기 때문이다. 우리 정도의 신상명세면 당연히 가입 통과이다. 독신인 데다 나이도 젊고, 오랜 기간 각광을 받던 거식증 걸린 말라깽이 모델 같은 몸매보다 적당히 살찐 건강미를 선호하는 요즘의 미학적 기준에 따르면 그다지 밉상도 아니니까. 솔직히, 하는 일에 관해서는 물론 거짓말을 조금 했다. 나는 차마 직업란에 화장실 청소부라고는 쓸 수 없었다. 그렇게 하면 이 지구상의 모든 변태들이 벌떼처럼 모여들고, 그 때문에 변태 아닌 나머지는 모두 도망가는 불상사가 생길 소지가 많으니까. 연구 보조. 그건 순전히 조지의 아이디어였다. "연구 보조도 아침부터 저녁까지 타일 닦아"라며 조지는 나를 안심시켰다. "너는 화장실 타일을, 연구 보조는 작업대 타일을 닦는다는 차이가 있지만, 결과적으로는 별로 다를 것도 없지, 뭐." 일곱 번의 만남을 갖되, 한 번 만나는 시간은 7분, 이것이 우리가 스피드 데이팅에 참가 신청을 했을 때 제공받는 권리이다. 나름 규칙이 있다. 가령 개인적인 연락처를 주고받아서는 안 된다(나하고는 그런 일이 생길 염려가 없다). 7분간의 만남이 끝날 때마다 상대방에게 그 사람만 들을 수 있는 평가를 해주어야 하며, 다시 만날지 말지 여부를 확실하게 말해주어야 한다.

조지는 쇼핑몰에서 퇴근하는 나를 곧장 데리고 갔다. 의식이라고 말하면 어떨지 모르겠는데, 나는 그것을 달리 뭐라고 불러야 할지 모르겠으니, 하여간 그것은 저녁 8시 30분에 시작할 예정이었다. 따라서 나는 집에 들를 시간이 없어, 그냥 현장에 가서 옷을 갈아입었다. 화장은 여러 차례 다시 해야 했다. 한 번은 눈두덩에는 아이섀도를 너무 많이 바르고 립스틱은 너무 적게 발라서. 그 다음번에는 립글로스는 너무 여러 겹을 바른 반면, 마스카라는 너무 조금만 칠해서. 번번이 거울 속에서는 화장을 떡칠한 매춘부가 씩씩거리며 나를 노려보는 것이었다. 그 결과, 나는 클렌징 로션으로 벅벅 문질러 화장을 모두 지워버리고 목덜미에 롤리타 렘피카 향수 몇 방울을 떨어뜨리는 선에서 마무리를 지었다. 의상으로 말하자면, 리쿠퍼 청바지

6시 27분 책 읽어주는 남자

와 플랫 슈즈, 지난번 세일 때 건진 흰 셔츠 정도면 적당하리라고 결정했다. 마지막으로 목에 무심한 듯 실크 스카프 하나를 걸쳐주면, 실제의 나에게서는 전혀 엿볼 수 없는 여유로운 느낌을 주는 인물이 완성될 것이었다. 솔직히 나는 그런 사람과는 거리가 멀어도 한참 멀다. 내가 마지막으로 무지 겁을 먹었던 때는 바칼로레아(Baccalaureate, 우리나라의 대학입학 수학능력 시험에 해당한다/옮긴이) 프랑스어 구술시험으로 거슬러올라간다. 한편 조지는 대대적으로 준비했다. 몸매를 그대로 드러내는 딱 달라붙는 원피스에 인조 가발과 킬힐, 샤넬 넘버 파이브 향수. 섹시하고 현대적인 신데렐라 콘셉트. 약속 장소에 들어서자 담당자들이 신분을 확인한 후 우리에게 음료 교환권을 주었다. 조지와 나는 서로에게 행운을 빌어주었다. "믿어보자." 조지가 깍지를 끼며 말했다. 개인적으로 나는 그 순간 바라는 것이 딱 한 가지 있었는데, 눈썹을 휘날리며 그곳을 벗어나 집으로 돌아와서 재미난 책 한 권을 들고 침대로 들어가고 싶다는 욕망이었다. 하지만 그렇게 하는 대신 나는 다른 여자들처럼 행동했다. 제일 먼저 눈에 띄는 빈 테이블에 앉아 박하향이 나는 탄산수 페리에를 주문했다. 맨 처음으로 내 앞에 와서 앉은 남자는 무슨 과목인지는 잘 모르겠는데, 하여간 자기가 선생님이라고 말했다. 그는 나한테는 아무것도 묻지 않고 자기에 대해서만 줄곧 떠들어댔다. 7분 후 시간이 다 되었음을 알리는 종이 울릴 때까지, 나는 내 소개조차 하지 못했다. 내가 한 말이라고는 안녕하세요와 안녕히 가세요, 이 두 마디가 전부였다. 난 7분 동안 자기 배꼽만 들여다보는 놈과 마주한 것이었다. 두 번째 남자가 첫 번째 남자의 엉덩이가 따끈하게 데워놓은 자리에 와서 앉았다. 그리고 세 번째 남자. 7분마다 울려대는 종소리는 마치 머리 위에서 떨어지는 단두대 소리처럼 바 안을 가득 채웠다. 다음 지원자. 이 사람은 길이 잘 들어서 매끈하게 돌아가는 경쾌한 회전판을 생각나게 하는 사람이었다. 안녕하세요, 부인, 안녕히 가세요, 부인, 감사합니다, 부인. 손잡이를 쥐고 있는 얼빠진 직원이 그 빗자루로 바닥을 칠 때마다 파트너를 바꿔야 하는 일종의 빗자루 춤. 남자를 일곱 명이나 만났지만 나는 여전히 남자가 고팠다고 감히 말할 수 있다. 비록 특별히 허기진 상태에서 모임에 참석한 것은 아니었지만 말이다. 나한테는 어느 남자도 그의 백마를 타고 따라나설 만큼 충분히 매력적이지 않았다. 외모가 괜찮으면 생각하는 것이 이상하고, 또 그 반대이기도 했다. 물론 교양도 있고 여행을 많이 해서 흥미로운 면도 있는 아주 괜찮은 젊은 남자도 있었다. 그런데 그 사람 턱에 난 보기 흉한 데다 털까지 돋은 사마귀는 그의 모든 장점을 덮어버리기에 충분했다. 만남이 계속되는 7분 동안 나는 검고 뻣뻣한 털이 삐죽삐죽 돋아난 그 자그마한 살점에만 눈이 갔다. 평가서에는 "쓸데없는 사마귀"라고만 적고 다음 지원자로 넘어갔다. 이런 남자도 있었다. 세 번째 남자였던 것 같은데, 못생기지도 않았고 키도 컸지만, 'S' 발음만 나오면 특히 혀 짧은 소리를 내는 버릇 때문에 말을 할 때마다 눈물이 날 정도로 찡한 웃음이 터져나왔다. 그 운 없는 사내에게는 'S'가 정말로 형벌이었다. 대화의 절정은 그가 자기 직업을 이야기할 때였다. 나는 그때까지만 해도 용케 미친 웃음이 대명천지에 고개를 내밀지 않게 잘 억누르고 있었지만, 그 순간에 더 이상은 참을 수가 없었다. 때문에 그와의 만남은 예정된 시간보다 빨리 막을 내리게 되었다. 박하향 페리에 잔 쪽으로 고개를 떨구고서 나는 종이 울릴 때까지 남은 2분 동안 내 고양된 감정을 추슬렀다. 나원 참, 혀 짧은 소리를

내는 사람은 '아피프탕 포피알(affiftant fofial)'(원래는 사회
복지사를 뜻하는 아시스탕 소시알[assistant social]이 발음 문제
때문에 그렇게 들렸음을 의미한다/옮긴이)을 하지 말지어다!
다섯 번째 남자는 이름이 아드리앵이었는데, 너무도 주눅
이 들어 있는 사람이라서 나는 속으로 그가 분명 자폐일
것이라고 생각했다. 나한테는 말할 기회조차 주지 않았던
첫 번째 남자와는 완전히 반대로, 이 남자는 만남이 지속
되는 420초 동안 꿀 먹은 벙어리처럼 가만히 앉아만 있었
다. 420초 동안 그는 의자에 앉아 자기 두 손을 만지작거
리며 몸을 비비 꼬았다. 그렇게 하지 않으면 손이 날아가
기라도 하는지, 원. 내가 질문을 하면 그 남자는 변비 걸린
사람이 볼일을 보기 위해서 사력을 다할 때처럼 얼굴이 새
빨개졌다. 변비 걸린 사람은 항상 나를 불편하게 한다. 그
런데 직업이 직업인지라 나는 그런 사람들을 자주 본다.
이모는 항상 "변비 걸린 사람에게서는 어떤 반응도 가능
하지. 심지어 무반응까지도"라고 말하곤 했다. 그러면서
이런 말도 덧붙였다. "변비 걸린 사람과 화장실의 관계는
벙어리와 노래의 관계라고 할 수 있고, 그 역도 성립한단
다." 네 번째와 여섯 번째 남자는 같은 유형에 속했다. 이

른바 엄친아 유형으로, 학급에서 1등만 하게 생긴 얼굴에 잘나가는 기업체 간부 같은 역동적인 매너 등, 하루에 면도도 두 번씩 하고 셔츠도 두 번쯤 갈아입을 것 같은 사람들이었다. 마지막 남자는 뇌가 있어야 할 자리에 불알이 달린 모양이었다. 그자에게는 내가 질 삽입 형인지 클리토리스 형인지 알아내는 것만이 유일하고도 진지한 관심사처럼 보였다. 나는 그자에게 점성술 관점에서 보면, 내가 물고기자리에 물병자리 상승궁이 확실하지만, 아랫도리 관점에서는 아직 어느 쪽인지 확실하게 결정하지 않았다고 말해주었다. 그리고 내가 그것을 결정하더라도, 어느 쪽으로 할 때 내가 오르가슴을 느끼는지 확인하기 위해서 그 멍텅구리에게 도움을 요청하는 일은 없을 것이라고 확실하게 못을 박아주었다. 결국 내 앞에는 빈 페리에 병과 귀신의 집을 떠오르게 하는 일곱 개의 평가서만 남았다. 남자 1번, 이 세상의 배꼽. 2번, 쓸데없는 사마귀. 3번, 혀 짧은 소리. 4번, 간부. 5번, 만성 변비 환자. 6번, 이번도 간부. 7번, 섹스 편집광. 나는 택시를 타고 돌아왔다. 조지는 끝내려면 아직 한참 남았기 때문이다. 이날 한 번 참석해서 조지는 다섯 개의 긍정적인 요청을 받았다. 일곱 중 다섯.

6시 27분 책 읽어주는 남자

나로 말하면, 두 명이 계속 만나보고 싶다는 의사를 표명했다. 사마귀와 이번도 간부, 이 두 사람이었다. 나는 두 사람에 대한 후속 조치 없이 그곳을 떠났다. 스티븐 킹의 최신작이 침대 머리맡 협탁에서 나를 기다리고 있으니까.

길랭은 즐거운 마음으로, 그가 문서 70을 처음 읽던 때를 회상했다. 그 글을 읽는 10분이라는 시간이 그에게는 형벌 같았다. 정말이지 매순간 러시안 룰렛을 하는 기분이었다. 일곱 개의 탄알이 든 탄창에서 쥘리가 기다리는 백마 탄 멋진 왕자님이 튀어나와 그녀의 가슴에 명중하게 될까봐 조마조마했다. 그는 안도의 한숨을 내쉬며 낭독을 끝냈다.

24

    머리를 베개에 얹은 채 길랭은 루제 드 릴이 어항 안에서 빙빙 도는 모습을 지켜보았다. 저 녀석은 도대체 뭘 잡으려고 저렇듯 지치지도 않고 노상 똑같은 곳을 돌고 또 도는 것일까? 어쩌면 자기가 방금 헤엄쳐서 만들어놓은 물고랑 속에 고개를 처박은 저 녀석은 제 꼬리를 잡으러 다니면서 그 사실을 모르고 있는 것은 아닐까? 며칠 전부터 길랭은 혹시 그 역시도 괜한 허깨비를 찾으러 다니는 것이 아닌지 와락 겁이 났다. 어제 저녁, 티에의 벨에핀에 가보았지만 아무 소득도 없었다. 일주일 내내 유령을 찾아다니느라 허탕만 쳤다. 그가 쥘리라는 여자의 실상에 대해서 아는 것이라고는 그 여자가 쓴 글을 통해서일 뿐이다. 루제 드 릴이 자기가 하루 종일 어항 안에서 지느러미를

6시 27분 책 읽어주는 남자

놀려 만든 물고랑의 존재를 통해서 어항 속에 침입자가 있다고 믿는 것과 다를 바 없다.

길랭은 대로 위쪽에 있는 택시 승차장 앞에서 만나자고 이봉과 약속했다. 평소처럼 깔끔하게 재단된 양복을 입은 이봉은 재킷의 장식 단춧구멍에 하얀 카네이션을 꽂아 한층 멋을 부렸다. 두 사람은 10분 전에 예약한 택시에 빨려들 듯 몸을 실었다.

"용감한 마부시여, 달리시게나,
우리를 무사히 데려다주시게.
전문가 손길로 마차를 몰게나.
아주 민첩하고 신속하게 몰게,
모든 구멍과 돌부리는 피하게.
황금이 달렸으니 제발 달리게."

택시 기사는 시동을 걸기 전에 룸미러 속에서 걱정스러우면서 경계하는 눈길을 보냈다. 놀라움 때문에 그의 이마에 새겨졌던 주름은 신호등 세 개를 지난 다음에야 완전히 사라졌다. 자로 잰 듯한 콧수염과 꼿꼿하게 치켜든 고개,

신경 쓴 옷매무새와 더불어 이봉은 도착 즉시 요양원의 여성 거주민들에게 강한 인상을 심어주었다. 조제트마저도 너무 많이 바른 립스틱을 길랭의 뺨에 대충 문지르더니, 서둘러서 새로 등장한 인물 주변에 형성된 구경꾼 무리에 합류했다. 이봉이 부인들의 손등에 키스하는 짬짬이 입을 열 때면, 가장 냉정한 할머니들마저도 속절없이 그의 입에서 나오는 매력적인 저음에 매료당했다.

"외따로 떨어진 곳에 자리잡은
이토록 곱고 아름다운 처소에
영광스럽게도 초대받은 적은
이제까지 단 한번도 없었다네."

"오, 그랭데르 씨, 과찬이시네요." 조제트 들라코트 양이 좋아서 어쩔 줄 모르며 숨 가쁘게 응수했다.

남의 이름을 틀리게 부르는 선수들의 동호회에 오신 것을 환영합니다. 길랭은 생각했다. 이봉이 벌써 완전히 그의 팬이 된 추종자들에게 둘러싸여 보무당당하게 홀을 향해 걸어가는 동안, 길랭은 입가에 미소를 머금은 채 그에

게 지정된 하인의 배역에 충실한 배우처럼 잠자코 일행의
뒤를 따랐다. 우렁찬 목소리가 실내를 가득 채우자, 입구
근처 이곳저곳에 자리잡고 앉은 몇몇 무기력한 이들의 무
리 속에서도 짧은 동요가 일었다.

"이런, 이 방은 크고 위엄 있군요.
창공에 더 가까운 입구는 없죠.
행복하도다, 이들은, 고운 데서,
마지막 춤을 추는 행운 누리니."

길랭은 이곳에 거주하는 사람들의 머릿속에 영원히 드
리워진 안개 속을 비집고 들어온 이 떠들썩한 침입자로
인해서 혹시라도 뇌혈관 계통 질환이나 심근경색 같은 사
고가 발생하지나 않을지 순간적으로나마 겁이 덜컥 났다.
이봉의 말에 반박하는 사람은 아무도 없었지만, 길랭은
그렇다고 해서 여기 모여 앉은 구질하고 불쌍한 노인들
모두가 과연 고운 곳에서 마지막 춤을 추는 행운을 누리
는 행복한 상황에 있다고는 생각할 수 없었다. 다른 사람
들에 비해서 조금 더 용감한 일부 거주자들이 처음 온 손

님에게 자기들의 방을 구경시켜준다며 안내해준 덕분에
여러 층을 돌아다닌 이봉은 간략한 두 구절의 시로 방문
소감을 대신했다.

"거주자처럼 방들도 다 다르다.
어떤 건 황량하고 어떤 건 상냥."

간혹 이봉은 각운을 맞추기 위해서 시구의 끝부분에 반
드시 현실과 맞아떨어진다고 하기 어려운 단어를 쓰는 경
우가 있었지만, 이곳 공간과 그 공간을 차지한 이들에 대
해서 이봉이 제시한 촌평은 더할 나위 없이 적절하다고 하
지 않을 수 없었다. 좌중에게 이봉을 소개하는 일을 자청
한 모니크는 처음에는 그를 이방 제르베르라고 하더니 그
다음에는 조앙 그뤼베르라고 불렀는데, 최종적으로는 베
르농 팽데르로 낙찰을 본 것 같았다. 불쌍한 이봉은 이렇
듯 들라코트 양에 의해서 앉은 자리에서 몇 번씩이나 자기
이름이 바뀌자 약간 풀이 죽은 기색을 보였다. 길랭은 연
단으로 올라가 쵤리의 글을 낭독했다. 첫 번째 문장을 읽
을 때부터 사람들의 마음이 다른 곳에 가 있음이 즉각적으

로 느껴졌다. 기침 소리나 의자 끄는 소리, 지팡이로 바닥을 찍는 소리처럼 익숙한 일상의 소음 외에는 조용했지만, 이봉의 솜씨를 보겠다는 기대감 때문인지 주위가 산만한 것은 엄연한 사실이었다. 길랭은 굳이 고집을 피우지 않았다. 첫 번째 글을 읽고는, 곧바로 오늘의 특별 출연자에게 자리를 양보했다. 12음절 정형시의 제왕은 연극적인 몸짓으로 길랭이 내민 안락의자를 저만치 밀어버렸다. 그러면서 길랭에게 성공적인 낭독을 위해서 숙지해야 하는 기본 규칙들 중 하나를 언급했다.

"언변이 좋은들 서서 말해야지,
  제대로 숨을 뱉어낼 수 있다네."

그러더니 원고 같은 것도 없이 오직 그 자신의 환상적인 기억력의 그물만을 던져서 이봉 그랭베르, 일명 베르농 팽데르는 감탄하는 청중들의 귓속으로 첫 번째 고기 떼들을 사정없이 몰아갔다. 『페드르(*Phèdre*)』(라신이 1677년에 발표한 5막짜리 비극/옮긴이) 제2막 5장, 페드르가 이폴리트에게 그녀의 사랑을 고백하는 대사였다.

"그래요, 왕자님.

난 테제 때문에 괴로워하고, 애간장을 태워요.

난 그를 사랑합니다,

하지만 지옥이 본 대로의 그는 아니죠,

수천의 다양한 대상을 찬미하는

변덕스러운 바람둥이이자 죽은 자들의 신으로부터

떠나와 나의 침대를 더럽힌 자······."

시 구절들이 이어졌다. 이봉은 절망에 빠진 앙드로마크에게 격렬한 비난을 퍼붓는 돈 디에그에게서 열정적인 브리타니쿠스로, 다시 애국적인 이피제니로 능숙하게 넘어갔다. 단 한순간도 그에게서 시선을 떼지 않으면서 모니크는 길랭에게 그의 원래 직업이 무엇이냐고 물었다.

"12음절 정형시 애호가죠." 길랭은 조금도 망설이지 않고 대답했다.

"12음절 정형시 애호가." 나이 든 부인은 감탄으로 두 눈을 반짝이며 부드럽게 길랭이 한 말을 반복했다.

길랭은 들라코트 자매에게 식사 초대를 받은 친구 이봉

은 두 여자에게 맡기고, 낭독 모임이 끝나기 전에 혼자 먼저 빠져나왔다. 식사 초대에 대한 수락의 표시로 낭독 예술가 이봉은 자작시 두어 줄을 암송했다.

"나에겐 이처럼 고운 분과 함께
음식을 나누는 크나큰 행운이
단 한번도 주어지지 않았었네."

그로부터 10분도 채 되지 않아, 길랭은 택시에서 내려 역으로 들어갔다. 에브리 2의 10만 제곱미터와 공중 화장실이 그를 기다리고 있었다.

25

토요일 이른 오후 무렵, 수도권을 이어주는 열차에는 사람이 별로 없었다. 열차의 흔들림에 몸을 맡긴 길랭은 내내 쥘리를 생각하며 시간을 보냈다. 막상 그녀를 찾으면 어떻게 해야 하지? "안녕하세요, 으음, 그러니까……저는 길랭 비뇰이라고 합니다. 나이는 서른여섯 살이고, 당신을 만나고 싶었어요." 그는 그녀와 통성명을 할 수 있는 유일한 기회를 말을 더듬거림으로써 망쳐버리게 된다면, 스스로를 절대 용서할 수 없을 것 같았다. 그녀의 방명록에 열정적인 글을 몇 줄 남기는 해결책을 고려해볼 수도 있을 것이었다. 괜찮을 것 같기는 한데, 거기에도 약간의 위험 요소는 존재한다고 해야 할 것이, 만에 하나 그의 고백이 "여기는 찢어지는 화장지밖에 없다!"와 "화장실은 깨끗한

데 변기의 물 내리는 손잡이가 너무 **뻑뻑하다**" 사이에 묻혀버리면 어쩐단 말인가. 열차가 플랫폼에 도착하자 길랭은 몽상에서 **빠져나왔다**.

그는 역에서 나오면서 옷깃을 올렸다. 하늘에서 쏟아지는 화창하고 눈부신 햇살에도 불구하고 공기는 제법 쌀쌀했다. 쇼핑몰의 이름을 달고 여기저기를 비행하는 대형 계류기구의 철제 구조물이, 도시 위에 세워진 등대처럼 지붕 위 저만큼 높은 곳에서 그에게 오라고 손짓했다. 에브리2는 역에서 걸어서 채 5분도 되지 않는 거리에 있었다. 미닫이 자동문 안으로 들어서자 길랭은 그때까지 유지해오던 침착한 태도를 과감하게 떨쳐버렸다. 그의 마음속에서는 이 순간을 언제까지고 지속시키고 싶다는, 그의 모든 희망이 그 벽에 부딪쳐 산산조각이 나버릴 수도 있는 현실과 마주해야 하는 순간을 어떻게든 뒤로 미루고 싶다는 욕망이 끓어올랐다. 중앙 통로를 어슬렁거리는 그에게는 그의 주변에서 바글거리는 군중 따위는 눈에 들어오지 않았다. 그는 지금 그가 걷고 있는 이 길을 이른 새벽에 혼자 걷는 쥘리 공주를 상상했다. 그녀의 발걸음 소리가 텅 빈

이 거대한 궁전 한가운데로 울려퍼진다. 상상이 이 대목에 이르렀을 때, 많은 사람들이 오가며 만드는 미세한 웅성거림과 천장에 매달린 스피커를 통해서 흘러나오는 배경음악의 범벅 속에서도 그의 귀에 폭포 소리가 또렷하게 들려왔다. 그가 서 있는 곳에서 아주 가까이에 세워진 분수도 그의.눈에 들어왔다. 분수 한가운데에 놓인 네 마리의 대리석 메기의 입에서는 쉬지 않고 시원스러운 물줄기가 뿜어져나왔다. 그 순간, 이성의 소리가 들려와 그의 마음에 번져오던 행복감에 제동을 걸었다. 그 이성의 소리는 이름값을 하는 쇼핑몰에는 어디에나 분수가 있다고, 어린아이들을 위한 회전목마와 와플 장수, 중앙 에스컬레이터가 있는 것과 똑같은 이치라고 그에게 상기시키는 것이었다. 하지만 그의 흥을 깨는 미스 이성의 소리에 입을 닫으라고 주문한 길랭은 잔뜩 흥분한 마음이 가는 대로 따랐다. 분수는 쥘리가 묘사한 것과 같이 세 개의 통로가 만나는 지점에 위치하고 있었다. 오른쪽일까 왼쪽일까? 한 여자가 어린 여자아이에게 조금만 참으라고 달래며 아이를 데리고 오른쪽으로 종종걸음을 쳤다. 거의 다 왔다는 말이었다. 길랭은 두 사람을 따라갔다. 도중에 그는 청량함이 의심되

6시 27분 책 읽어주는 남자

는 분수 속으로 2유로짜리 동전을 던졌다. 나쁜 운명의 해
코지를 미리 방지하려는 뜻이라고나 할까. 30미터쯤 남았
을까, 눈이 부시도록 환히 불을 밝힌 화장실 표시 그림 기
호가 시야에 들어왔다. 미스 이성의 소리가 다시 한번 그
의 흥을 깨고자 끼어들었다. 그래, 당신도 알잖아, 저건 그
저 화장실이 있음을 알릴 뿐이야. "화장실 담당 쥘리의 집
에 오신 것을 환영합니다"라고 대문짝만 하게 써붙인 것은
아니라고. 어쨌거나 지금까지는 모든 것이 글에 묘사된 것
과 완벽하게 일치했다. 계단이 열다섯 개쯤 되는 층계를
내려가니 지하였다. 그리고 그 공간은 바닥부터 천장까지
온통 타일로 도배되어 있었다. 14,717개일 것이라고, 길랭
은 양손을 깍지 끼며 장담했다. 입구 오른쪽에는 캠핑용
테이블이 놓여 있었고, 그 위에는 반쯤 펼쳐진 잡지 몇 권
이 뒹굴고 있었다. 팁을 받기 위한 용도로 비치해둔 도자
기 접시 속에 잔돈 몇 푼이 얌전히 누워 있었다. 테이블에
바짝 붙여서 놓아둔 의자에는 아무도 없었고, 대신 조끼
한 벌만이 의자의 등받이에 걸쳐져 있었다. 길랭이 남자
화장실로 가려고 할 때, 그녀가 그의 눈앞에 나타났다. 분
홍색 고무장갑을 낀 손에 물걸레와 빗자루를 들고 있는 것

을 보니, 어느 화장실에선가 나오는 길인 모양이었다. 그
는 그녀가 잰걸음으로 다용도실로 가서 청소 도구들을 내
려놓는 동안 여유 있게 여자를 관찰할 수 있었다. 키는 작
은 편이고, 몸집은 전체적으로 살짝 통통한 그녀의 얼굴은
한창 젊었을 때는 남자들이 절대 무심하게 지나치지 않았
을 만했다. 희끗희끗한 잿빛 머리카락은 하나로 묶어 뒤로
단정하게 쪽을 지듯 틀어올린 모습이었다. 길랭은 그가 가
지고 있던 환상을 보란 듯이 깨뜨려준 나이 든 여자를 마
지막으로 다시 한번 쳐다보고는 8번 화장실로 들어갔다.
10시 뚱보의 엉덩이가 놓였던 변기, 그는 방금 전까지만
해도 확실히 그럴 것이라고 장담했던 곳에 주저앉아 두 손
으로 머리를 움켜쥐었다. 그는 이번만큼은 너무도 굳게 믿
었다. 때문에 분한 마음에 울음이 터져나올 것만 같았다.

"오줌 누는 것은 장난이 아니야. 도대체 이 말을 몇 번
이나 저 어린 녀석들에게 반복해야 하는 거지?" 귀에 익은
문장이 타일 바른 벽에 무미건조하게 부딪쳤다. 오줌 누는
것은 장난이 아니다. 이모 어록 제5조, 쥘리가 가장 좋아
하는 명언. 훨씬 부드러운 두 번째 목소리가 메아리처럼

그 문장을 되풀이했다. 변기 물 내리는 소리, 세면대 물 흐르는 소리, 물기 말리는 소리 등의 주변 소음 속에서도 길랭은 그 목소리가 이제껏 그가 들었던 어떤 목소리보다도 아름답다고 생각했다.

"오줌 누는 것은 장난이 아니다. 그 반대도 맞다. 미안해요, 이모, 내가 좀 오래 걸렸죠. 그렇지만 조지가 내 머리를 잘라줄 때 어떤지 이모도 잘 아시잖아요. 자르느라고 30분, 수다 떠느라고 한 시간."

길랭은 8번에서 나와서 서두르는 기색 없이 세면대로 갔다. 수도꼭지를 틀고 손바닥에 물비누를 짠 다음 문질러서 거품을 냈다. 몸이 더 이상 자기 것 같지 않았다. 거울 속에 있는 남자는 뭔가에 넋을 잃은 사람처럼 보였다. 그는 차마 그의 시야가 미치는 범위에서 가장 오른쪽에 있는 형체를 향해 고개를 돌리지 못했다. 세면대를 거품으로 가득 채우고 나서야 정신을 차린 그는 손을 헹구는 둥 마는 둥 하고는 깊이 숨을 쉰 다음 입구 쪽으로 몸을 돌렸다. 쥘리는 의자에 앉아서 고개를 약간 앞으로 숙인 채 동글동글한 글씨체로 수첩 한 면을 새카맣게 채워가는 중이었다. 앞으로 숙인 탓에 그녀의 얼굴에서는 곧고 오똑한 콧날,

보일 듯 말 듯 둥그스름하게 다듬어진 광대뼈, 그리고 조금 아래에 앞으로 약간 튀어나온 도톰한 두 입술만 얼핏 보였다. 커튼처럼 내려온 속눈썹 때문에 눈은 어떻게 생겼는지 전혀 짐작할 수 없었다. 글씨를 쓰지 않는 나머지 손, 작고 가느다란 손가락이 달린 그 손으로 쥘리는 짧아진 머리 때문에 훤히 드러난 자기 목덜미를 쓰다듬었다. 머리카락은 꿀, 그중에서도 짙으면서 동시에 경쾌한 느낌을 주는 산에서 채취한 꿀 빛깔이었다. 잠깐 그녀가 고개를 들었다. 만년필 뚜껑을 입으로 질겅거리면서 바로 앞에 마주보이는 벽을 멍하니 쳐다보던 그녀는 다시 수첩으로 눈길을 돌렸다. 그가 그곳을 떠나는 순간 그의 등 뒤에 대고 그녀가 던진 조롱 섞인 투의 "어쨌든 감사합니다"라는 말이 그의 폐부를 찔렀다. 그가 쇼핑몰에 도착할 무렵 가지고 있던 유일한 동전은 분수에 고인 깊이 50센티미터쯤 되는 물속에 가라앉은 지 10분가량 되었다. 지금 그의 머릿속에는 '쥘리는 예쁘지 않다. 예쁜 정도가 아니라 여신이다'라는 사실을 제외한 그 어떤 것도 비집고 들어올 자리가 없었다.

6시 27분 책 읽어주는 남자

밖에서는 스피커에서 흘러나오는 요란한 광고 노래들
이 봄의 시작을 알렸다. 3월 20일 화요일, 바로 돌아오는
화요일. 길랭은 미소를 지었다. 그는 이제부터 그가 해야
할 일을 즉각적으로 알아차렸다.

26

배달원이 도착했을 때, 나는 처음에는 뭔가 착오가 있는 모양이라고 생각했다. 입구를 잘못 알았거나 아니면 더 이상은 참지 못할 정도로 다급하게 배설을 해야 해서 근무 중에 잠시 화장실에 들렀나 보다라고. 그가 내 앞으로 와서 껌을 질겅질겅 씹으며 당신이 쥘리냐고 물었을 때, 나는 경계하는 투로 그렇다고 우물쭈물 더듬거리는 것 말고는 다른 선택지가 없었다. 그러자 곧 나는 휴우 소리와 함께 양팔에 그것을 떠안게 되었다. 나는 내 눈을 믿을 수 없었다. 꽃다발, 그것도 이곳으로 배달된 꽃다발이 나에게 온 것이라니. 꽃다발도 보통 꽃다발이 아니었다. 신선하기 그지없는 꽃들이 무슨 사태라도 난 것처럼 무리지어 풍성하게 내 작은 테이블 위를 거의 다 채웠다. 크고 투명한 물주머니 속에 긴 줄기들이 잠길 수 있도록 세심하게 공들여 만든 어마어마하게 큰 꽃다발이었다. 나는 바로 조지를 불렀고, 조지는 한창 염색 중이던 손님을 그대로 두고 달려왔다. 아무리 바빠도 잠시 아름다운 꽃다발을 감상할 짬은 있어야 하지 않겠는가. 조지는 그것을 보자, 이런 정도의 선물을 보낼 남자라면 죽을병에 걸린 중증 환자이거나 이 지구상에서 가장 멋진 남자들 가운데 한 명이거나, 둘 중 하나일 거라며 호들갑을 떨었다. 조지는 두 눈 가득 부러워 죽겠다는 마음을 담아서 너, 완전 대박이다라는 말을 남기고는 하던 염색을 끝내러 손님에게로 돌아갔다. 사실대로 다 말해주어야 한다는 다짐도 잊지 않았다. 나에게 이렇게 믿을 수 없는 일이 이렇게 부적절한 장소에서 일어난 것은 처음이었다. 이런 일은 무려 40년 동안이나 이 일을 한 이모한테도 일어난 적이 없었다. 하긴, 지나고 나서 이모가 털어놓았는데, 딱 한 번, 밸런타인 데이에 어떤 남자가 방금 자기 여자친구한테 차여서 이 가시 달린 성가신 꽃을 어떻게 해야 좋을지 모르겠다면서 이모에게 장미 한 송이를 선사했다는 말을 들었다. 꽃을 싼 셀로판지에는 검은 잉크로 "쥘리에게"라고 적은 크래프트 지 재질의 두꺼운 봉투가 부착되어 있었다. 그 봉투를 열 때 나의 두 손은 조금 떨렸다. 봉투 안에 들어 있는 타일은 내 영역의 타일들과 희한하게도 아주 비슷했다. 크기도, 다소 우윳빛이 도는 색상까지도. 나는 거기 붙어 있는 편지를 읽기 전까지는 영문을 몰라서 애꿎은 타일만 이리저리 돌려보았다.

안녕하세요?

나는 엄밀하게 말해서 백마 탄 왕자는 아닙니다. 여담이지만, 나는 백마 탄 왕자들에게서는 항상 자기도취에 빠지는 경향이 느껴져서 조금 거북하게 생각하며, 또 그렇기 때문에 그들에게 별반 호감을 느끼지 못합니다. 나는 백마 탄 왕자가 아닐 뿐 아니라, 백마라고 할 군마조차 없습니다. 나도 기회가 닿으면 가끔 분수에 동전을 던지기도 합니다. 내 턱에는 보기 흉한 사마귀는 없습니다. 혀 짧은 소리 같은 것도 내지 않습니다만, 나는 아주 멍청한 이름을 가졌습니다. 어쩌면 그 이름 하나만으로도 이 세상의 모든 사마귀와 모든 혀 짧은 소리와 맞먹을 수 있을 겁니다. 나는 책을 좋아합니다. 비록 대부분의 시간을 책을 파쇄하는 데 보내지만요. 나는 가진 것이라곤 루제 드 릴이라는 금붕어 한 마리가 전부이며, 친구라고 해도 노상 잃어버린 자기 다리만 찾아다니는 앉은뱅이와 12음절 정형시로만 말하는 괴짜 시인이 전부입니다. 한마디 덧붙이면, 얼마 전부터는 희미한 색상을 생기 있게, 심각하고 근엄한 것을 덜 진지하게, 겨울을 덜 춥게, 참을 수 없는 것을 견딜 만하게, 아름다운 것을 더 아름답게, 추한 것을 덜 추하게, 요컨대 나의 삶을 좀더 아름답게 만들어주는 사람이 이 지구상에 존재한다는 사실을 발견했습니다. 그 사람은, 쥘리, 바로 당신입니다. 그래서 말인데, 나는 스피드 데이팅의 추종자는 아니지만, 나에게 당신 삶의 8분을 허락해줄 것을 요청, 아니 간청하고 싶습니다(내가 보기에 7분은 그다지 좋은 숫자가 아닙니다. 특히 사람과 사람 사이의 만남에서는 말입니다).

　이제부터는 내 잘못을 빌어야겠습니다. 나는 3주 전에 전철역에서 주운 USB를 통해서 당신의 삶에 끼어드는 잘못을 저질렀습니다. 내가 그런 방식으로 당신의 삶에 끼어들게 된 것은, 사실 처음에는 어떻게든 당신을 찾아서 그 USB와 거기 저장된 파일들을 돌려주어야겠다는 단 하나의 의도에서 시작되었습니다. 그 의도가 차츰 당신을 만나 보고 싶다는 절실한 욕망으로 변해가기는 했지만 말입니다. 그래서 말인데, 용서를 구하는 의미에서 이 타일을 보내니, 내일 연례 타일 세기를 할 때 이 한 개를 더하십시오. 누가 무엇을 어떻게 생각하건, 우리 인생에서 영원히 고정불변인 것은 하나도 없습니다. 14,717처럼 흉한 숫자도, 약간의 도움이 주어진다면, 언젠가는 예뻐질 수 있습니다. 나는 다음과 같은 말로 이 글을 맺을까 합니다. 물론 이 말이 약간 과장된 면이 없지 않다는 것은 인정합니다만, 그래도 당신이 아닌 다른 사람에게는 절대로 사용할 기회도, 그럴 마음도 없을 것 같으니 받아주십시오. "내 운명은 당신의 손에 달려 있습니다."

편지에는 길랭 비뇰이라는 이름, 그리고 이름 아래쪽에는 전화번호가 적혀 있었다. 이 남자는 어쩌면 정신 나간 바보 천치일 수도 있다. 하지만 이 남자 때문에 아주 묘한 기분이 드는 것은 사실이었다. 봉투를 흔들자 USB가 테이블 위로 떨어졌다. 석류빛 USB. 이것을 찾겠다고 오만 군데를 다 뒤지고 다닌 것이 3주 전, 그러니까 내가 조지네 집에 가려고 전철을 타던 날이었다. 나는 편지를 한 번 더 읽어보았다. 그리고 세 번째로 또 읽었다. 나는 그 망할 놈의 편지를 읽느라고 온 하루를 다 보낸 것 같다. 걸레질을 하거나 락스 푼 물을 쏟다가도 짬짬이 편지를 생각하고 또 생각했다. 단어 하나하나를 음미하고 그 글을 쓴 남자의 얼굴과 목소리를 상상하고, 그 얼굴 위에 자기 입으로 멍청하다고 한 그 이름을 써보았다. 오늘은 이상하게도 도자기 접시에 떨어지는 동전 소리마저 다르게 들린다. 시간도 훨씬 더 빨리 흘러가고, 네온의 불빛마저 따뜻하게 느껴지며, 사람들조차 여느 때보다 훨씬 정다워 보인다. 저녁에 따뜻한 이불 속에서 나는 그 편지를 다시 또 꼼꼼히 읽었다. 하도 읽어서 문장 하나하나를 다 외워버렸다. 잠들기 전에 나는 내가 길랭 비뇰에게 전화를 걸게 되리라는 것을 알 수 있었다. 두 번째로 편지를 읽기 시작했을 때, 이미 내 마음은 정해졌던 것 같다. 그에게 전화해서 고작 내 삶의 8분이 아니라 세 시간이라도 내주겠다고 말할 작정이다. 잠들기까지 걸린 시간만 해도 세 시간이나 되니까. 우리가 서로에게 서로의 이야기를 들려주고, 어쩌면 말들이 이제껏 가보지 못했을 곳으로 가기 위해서 필요한 시간.

　오늘 아침, 이 춘분 아침에 나는 콧노래를 흥얼거리며 타일을 셌다. 내 작업복 주머니 속에 넣어둔 길랭 비뇰의 타일이 기분 좋게 내 허벅지 근처를 건드렸다. 최종적인 합산을 하면서 나는 테이블 위에 조심스럽게 그 타일을 내려놓고, 전체 합산을 하기 전에 그것을 더했다. 예상은 하고 있었지만, 그래도 막상 실제로 그 결과를 바라보니 마음이 싱숭생숭 무지 혼란스러웠다. 그 순간 나는 전화기를 들었다. 14,718, 이것은 정말이지 뭔가를 시작하기에 아주 좋은 숫자였다.

6시 27분 책 읽어주는 남자

옮긴이의 말

딸아이가 아주 어렸을 때, 나는 밤이면 잠자리에 드는 아이에게 책을 읽어주곤 했다. 아이에게 책을 읽어주는 동안 나는 나한테도 책을 소리 내어 읽어주는 누군가가 있다면 참 좋겠다고 생각했었다.

그러다가 정말 내 소원대로 책 읽어주는 남자를 만났다. 길랭비뇰. 그는 아침 6시 27분 전철에서 글 읽어주는 남자이다. 아니, 그는 체르스토르 500이라는 무시무시한 책 파쇄기를 다루는 책임 기사이다. 그러니까 그는 책을 파쇄하는 남자이다. 하지만 그의 어머니는 아들이 인쇄소에서 출판 담당 간부, 다시 말해서 책 만드는 사람으로 일한다고 믿고 있다. 하긴, 체르스토르라는 놈이 팔리지 않은 책들을 뱃속 하나 가득 삼켜 허겁지겁 부순 다음, 똥을 싸면 그것이 바로 재생 종이를 만드는 펄프가 되니, 어떤 의미에서는 책을 만드는 데에 일조하는 것도 사실이다. 그는 직장에서 하루 일과를 끝내고 괴물 같은 기계의 내장을 청소하면서 용케도 놈의 뱃속에 착 달라붙어 '대학살'을 피하고 구사일생으로 살아남은 낱장들을 수거한다. 그는 압지첩에 끼워 말린 그 종이들, 서로 아무런 연관성도 없는 그 글들을 손에 잡히는 대로, 순서 없이, 앞뒤 맥락 같은 것은 전혀 염두에 두지 않고 전철 안에서 읽는다. 왜 그럴까?

그가 글을 읽는 동안 출근길 전철 승객들은 '별 미친 놈 다 봤네' 하는 식의 반응을 보일 법도 하지만 그렇게 하지 않고, 그가 읽어주는 이야기를 귀담아듣는다. 심지어 그에게 자기들이 사는 요양원에 와서 글을 읽어달라고 청하는 할머니들도 있다. 왜 그럴까? 요양원에 간 길랭이 열차에서 늘 하는 대로 손에 잡히는 종이쪽을 집어들고 맥락 없이 글을 읽으면, 한 문단이 끝날 때마다 할머니와 할아버지들은 등장인물이 왜 그런 짓을 했느냐, 사건이 벌어지고 있는 곳은 어디냐 등등 폭포처럼 질문을 쏟아내고 자기들끼리 혹은 길랭까지 끌어들여 난상토론을 벌인다. 왜 그럴까?

어느 날 길랭은 객차의 바닥에서 USB 하나를 습득하고, 그 안에 저장된 파일들을 차례로 읽어가면서 그 글을 쓴 쥘리에게 호감을 느껴 그녀를 실제로 만나고 싶다는 욕망을 가지게 된다. 어느 쇼핑센터에선가 화장실 청소부로 일하는 쥘리는 일상을 늘 글로 적는다. 글로 적지 않은 하루는 없는 것이나 마찬가지라고 생각하며, 화장실에 드나드는 사람들의 면면, 같은 건물에서 일하는 친구와의 우정, 젊은 사람들끼리의 소개팅 같은 그다지 특별할 것도 없는 내용을 깨알같이 기록한다. 노트북에 글을 쓰는 화장실 청소부에게는 화장실 이용객들이 팁을 주는 데에 인색하므로 늘 수첩에 기록했다가, 근무 시작 전 아침 시간에 컴퓨터에 옮긴다. 길랭은 이제 열차 안에서 파쇄기에서 수거한 글 대신에 사람들의 배설을 담당하는 이 여자, 쥘리가 생산해낸 글을 읽는다. 왜 그럴까?

이 책을 읽다 보면 이렇듯 자연스럽게 글, 그러니까 이야기와 관계된 왜? 왜? 왜? 라는 질문이 꼬리를 물고 이어진다. 우리는 왜 남이 쓴 이야기를 읽고, 왜 남이 읽어주는 이야기를 들을까? 다시 말해서 왜 남에게 관심을 가지며, 왜 자기 이야기를 쓰고 싶어할까? 왜 자기 이야기를 누군가에게 들려주고 싶어할까? 들어주는 사람이 없다면, 이야기란 존재할 수 없는 것일까? 또, 도대체 이야기란 무엇일까?

요즘에는 저마다 스토리텔링이 중요하다고들 말한다. 그런데 어렸을 때 할머니와 할아버지가 들려주시던 옛날이야기, 우리가 문학작품이라는 고상한 표현(아니 고상하지만, 따분하고 쓸모는 없으면서 골치만 아프게 하는 것이라는 표현이 더 정확할까?)으로 지칭하는 소설 같은 것들이 따지고 보면 모두 오래 전부터 우리가 익숙하게 접해오던 스토리텔링이 아니고 무엇이겠는가? 문학이란 무엇인가라는 다소 거창하고 지나치게 학구적인 것 같은 질문에 지레 압도당하는 독자라면, 이 책을 통해서 한 귀로 흘러들어와 뱃속에서 곰삭은 다음 몸 밖으로 나와 새로운 이야기로 태어나는 이야기의 정체, 이야기의 생애 내지는 주기를 전혀 부담 없이, 아주 가벼운 마음으로 발견할 수 있을 것이다. 그리고 그 발견이, 길랭과 같은 열차 칸에 타는 승객들을 다른 칸 승객들과 확연하게 다른 사람들로 만들어주듯이, 자기도 모르는 사이에 자기를 조금씩 변화시키는 신기한 경험도 덤으로 얻을 수 있을 것이다!

아, 나도 내가 자주 이용하는 지하철 분당선에서 글 읽어주는 사람을 만나고 싶다!

아니, 이참에 나도, 뭐랄까, 11시 10분 전철쯤에서 글 읽어주는 여자가 되어볼까?

2014년 7월

양영란